LINN LAVIN NNOLI
DIE PARTY DES LEBENS

ROMAN

FOERSTER-VERLAG

Mein besonderer Dank gilt
Wolfgang Gretscher,
ohne dessen Unterstützung dieses
Buch wohl nie geschrieben worden wäre.

CIP-Titelaufnahme der Deutschen Bibliothek

Nnoli, Linn Lavin:
Die Party des Lebens: Roman/Linn Lavin Nnoli. -
Frankfurt (Main): Foerster, 1991
ISBN 3-922257-75-5

© by Foerster-Verlag 1991
Herstellung: Fuldaer Verlagsanstalt
COVER PHOTO: Horst Hamann
COVERDESIGN: Anja Kuegler
Alle Rechte vorbehalten
Nachdruck verboten

Verlagsanschrift:
Foerster-Verlag
Postfach 700 362
6000 Frankfurt am Main 70

ISBN 3-922257-75-5

Da es sich bei der "Party des Lebens"
um eine authentische Geschichte handelt,
sind alle Schauplätze und Namen verändert worden.
Jede Ähnlichkeit mit noch lebenden oder bereits
verstorbenen Personen ist rein zufällig
und "unbeabsichtigt".

Es gibt Menschen, die leben 30, 40 oder 80 Jahre und hinterlassen nichts anderes, als ein Auto, Haus oder Schulden.

Es gibt Menschen, die sterben 10, oder 20 Jahre lang und sind dem "Leben" näher gewesen, als Sokrates dem Schwanz von Alkibiades, als er ihm einen blies. Sie hinterlassen oftmals kein Auto, kein Haus, aber auch keine Schulden, denn sie haben, schon lange bevor ihnen Menschliches (oder Unmenschliches) widerfuhr, mit dem Leben abgerechnet.

Was bleibt, ist eine große Leere in kleinen Köpfen mit kurzem Verstand. Ihnen werden keine Denkmäler aus Marmor gesetzt, auf denen goldene Buchstaben, freundliche Lügen über ihr gesellschaftsunfähiges Leben der desinteressierten "Nachwelt" verkünden.

Sie liegen auf namenlosen Friedhöfen unter windschiefen Grabsteinen, auf denen ihr Name falsch geschrieben steht.

Dennoch macht ihr »Gewesen sein« Geschichte in den Köpfen und Gefühlen anderer.

Manche Menschen schreiben diese Geschichte auf - Ich zum Beispiel - und sie handelt von »Ihm«. Sein Name war (ist): Tim Wholestone. Zunächst fand ich, daß ich es ihm schuldig sei, denn ich war einer der Medizinstudenten, die ihn bei der Sektion in 1.000 Einzelteile zerlegten; dann - nachdem mir Tims Tagebücher in die Hände fielen, weil ich gefesselt war von einem Leben, das ich nicht kannte.

Letztendlich und endgültig, weil ich mich verliebte in den Menschen, den zu trösten, zu streicheln, zu küssen, oder zu einem Hamburger bei McDonalds einzuladen ich keine Chance mehr hatte.

Dieser biographische Roman ist geschrieben auf dem langen Weg vom Obduktionstisch zurück in das Leben (oder Sterben) des Tim Wholestone, den vielleicht jeder von Euch schon einmal getroffen hat, ... oder mehr.

Ich gehörte wohl zu der Zeit, als die Geschichte ihren Anfang nahm, die mein Leben in drastischer Form verändern sollte, zu jener Sorte Schwuler, die darauf warten, daß eine Prinzessin auftaucht. Eine Prinzessin, die alle Angstschweiß produzierenden Vermutungen über die Möglichkeit, schwul zu sein, zu einem profanen Alptraum werden läßt. Ja - ich wollte meinen Eltern ein strammes Baby schenken, auf das sie stolz sein konnten, und das ihnen beim ersten umständlich gequakten *OOOma* die Tränen in die Augen treiben würde. Ja - ich war überzeugt davon, daß es der Gipfel eines erfüllten Menschenlebens ist, daß man von einer vorzeitig an Langeweile ergrauten Partnerin *Papa* genannt wird, und der Schwengel aufatmet, weil er weiß, daß er für den Rest der verbleibenden Zeit nur noch zum Pinkeln benutzt wird. Kurzum, ich hatte mich schon häuslich eingerichtet in dem Sarg, den mein vorprogrammiertes, behütetes Leben bereits für mich geöffnet hatte.

Das heißt nicht, daß ich die Welt meiner Eltern und die damit verbundenen Perversionen nicht tolerierte. Nein, wenngleich sie mich als gesellschaftlichen Wasserträger und pervertiertes, kindermordendes Monster (zumindest stellen sie sich so einen Schwulen vor) ans Kreuz der Konventionen genagelt hatten, gab es Momente in meinem Leben, in denen ich eine starke Sehnsucht verspürte nach dem Mief von vorm Fernseher übergestülpten Filzpantoffeln und der »wenn-das-Tennismatch-nicht-so-lange-dauert, -ficken-wir-noch - Atmosphäre«. Oh ja, in diesen Momenten spießbürgerlicher Erleuchtungen betete ich sie an - die

Göttin aller Stumpf- und Plattheiten. Ich war bereit, jedes Opfer zu bringen auf dem Altar der grenzenlosen Anspruchs- und Erwartungslosigkeit. Doch dann kam der Tag. Jener Tag, der alles verändern sollte, der die Macht hatte, in unsere Familiengruft hinabzupoltern, den klammen Deckel von meinem Sarg zu reißen, mir rechts und links ins Gesicht zu schlagen, mir einen Spiegel vorzuhalten und mich mit dem, was ich sah, aus meinem 1.000-jährigen Schlaf zu erwecken.

I. Kapitel

Sommer- und Winterzeit sind wohl eine der tückischsten Spitzfindigkeiten, die ein menschliches Hirn jemals ersonnen hat. Besonders für denjenigen, der vergessen hat den Wecker umzustellen, bevor er sich gedankenverloren in den Schlaf wichste. Noch sinnloser ist es allerdings, wenn man in einem Land lebt, in dem es diese Zeitumstellung gar nicht gibt und man seine Uhren aus reinem Übermut und Alberei zu Beginn des Wochenendes eine Stunde vorgestellt hat.

Tragisch, wenn das Bewußtsein über diese Aktion zusammen mit irgendwelchen grauen Zellen, irgendwo im Kopf am Ende dieses Wochenendes verschieden ist - und genau das war geschehen.

Der Druck auf meiner Schläfe und das dumpfe Pochen hinter meinen Augen überzeugten mich davon, daß Phil doch im Recht war, als er mir gestern gesagt hatte, ich hätte zu viel getrunken. In der Tat trank ich seit Beginn des Pathologie-Kurses mehr, als ich es gewohnt war. Wobei ich nicht behaupten konnte, daß mir die Sektion der Leichen übermäßig an die Nerven gegangen wäre. Ich hatte mir erfolgreich eingeredet, daß es nichts anderes sei als das Tranchieren eines Truthahns zu Weihnachten. Natürlich hinkte der Vergleich, aber er half mir, mich vor unangebrachten Emotionen und unkontrollierten Kotzanfällen zu bewahren. Keiner von uns hätte zugegeben, daß sein Frühstücksjoghurt sehr locker im Magen schwappte beim ersten Anblick eines in seine Einzelteile zerlegten Artgenossen. Phil war bei einer dieser Gelegenheiten umgekippt und hatte beim Fallen die Schale mit dem bereits entnommenen Hirn mitgerissen. Es fiel genau neben seinen aufgeschlagenen Kopf; er blieb bewußtlos am Boden liegen. Keiner von uns hat ihm das jemals gesagt, aber für mich hatte dieser Vorfall leider unerwünschte Folgen. Auf einmal war eine Brücke geschlagen zwischen dem leblosen Neutrum auf dem Tisch und dem Leben in Gestalt meines besten Freundes Phil. Die Leiche verlor ihren Truthahncharakter, und ich sah uns abwechselnd auf dem Obduktionstisch liegen. Wie schnell konnte das gehen, wie kurz war der Weg zwischen uns und den Toten. Könnte ich Phil ausnehmen wie eine Weihnachtsgans? War ich überhaupt im Stande, ein Arzt zu werden? Meine düsteren Gedanken wurden von dem tobenden Fennly, der unser betreuender Pathologieprofessor war, jäh unterbrochen.

Sich seinem cholerischen Anfall ganz hingebend, warf er das Messer zu Boden und schlug mit der Faust auf den Operationstisch, so daß ich Angst bekam, der Tote könnte, von dem gewaltigen Schlag erweckt, wieder zu Bewußtsein kommen. »Cleary, so kann ich nicht arbeiten. Schaffen Sie ihren hysterischen Freund auf die Gynäkologische und besorgen ihm eine Amme, an deren Brust er sich ausweinen kann. Ich versuche hier, Mediziner auszubilden und auf ihre Aufgaben vorzubereiten. Meine Herren, sollte noch einer von Ihnen diese Klinik mit dem Onkel-Doktor-Spiel aus seiner Kinderzeit verwechselt haben, so bitte ich darum, daß er sich ebenfalls entfernt.«

Phil, der wieder zu sich gekommen war und sehr schnell erfaßte, was geschehen sein mußte, ließ sich kommentarlos von mir unterhaken und in Richtung Ausgang schieben. »Cleary, wenn Sie mit Händchenhalten fertig sind, kommen Sie wieder zurück.« Mit übertrieben langgezogener und melodischer Betonung setzte er hinzu: »Ich verspreche Ihnen auch, daß es nicht all zu sehr bluten wird.«

Befriedigt über diesen mehr oder weniger gelungenen Doppelschlag unter meine Gürtellinie wandte sich Fennly wieder grunzend seiner Arbeit zu. Seine orangefarbenen Handschuhe, deren dickes Gummi mich an die eines Tellerwäschers erinnerten, verschwanden wieder geschäftig in dem vor ihm geöffneten Brustkorb.

Seine Bemerkung war eine deutliche Anspielung auf ein Gerücht, dessen Aufkommen mir unerklärlich war. Nicht einmal mit Phil hatte ich über meine Probleme gesprochen. Ich wollte ja nicht einmal mir selbst eingestehen, daß meine sexuelle Weltanschauung in letzter Zeit ins Wanken geraten war. Auch konnte ich beschwören, daß ich nicht mit dem Arsch wackelte oder meine Aktentasche in ein Handtäschchen eingetauscht hätte. Im Gegenteil. Seit meiner Verunsicherung benutzte ich ein entsetzliches Aftershave, dessen Geruch mich an kalten Schweiß und nasses Hundefell erinnerte, nur damit ich herb-männlich roch. Um meinem Macho-Image den letzten Schliff zu verpassen, kniff ich sogar Schwester Dorothea in ihr unerotisches Hinterteil. Da dies in der Kantine stattfand und sie unter einem juchzenden Aufschrei dem Vordermann ihre Spaghetti Bolognese überschüttete, war ich mir sicher, daß meine Männlichkeit für alle Zukunft über jeden Zweifel erhaben sein würde. Diese Vermutung war offensichtlich ein Irrtum gewesen. Phil wurde sogar darauf angesprochen, ob ich schwul sei. Er protestierte zwar gegen diese Vermutung, aber ich bemerkte, daß sein Verhalten mir gegenüber immer distanzierter wurde. Während er mich früher freundschaftlich in die Seite stieß, um mich zu begrüßen, zerquetschte er mir nun wie eine Musmaschine die Hand. Er vermied es fortan, mit mir alleine im Aufenthaltsraum, geschweige denn unter der Gemeinschaftsdusche gesehen zu werden. Nur abends, wenn er sicher sein konnte, daß es keiner unserer aasgeilen Kommilitonen sah, benahm er sich nicht mehr wie John Wayne. Dann ersparte er meiner leidgeprüften Grußhand auch eine weitere Fraktur und stieß mich wieder zaghaft in die Seite.

Diese und andere Gedanken und Erinnerungsfetzen durchlärmten meinen katergeplagten Kopf, als ich mit Entsetzen dem Fremden über der Spiegelablage ins schockierte Gesicht sah. Wie konnte man über Nacht so altern. Ich verkniff mir, für diese Frage eine medizinisch unumstößliche Antwort zu suchen und torkelte unter die Dusche.

Seit geraumer Zeit hatte ich mir abgewöhnt, ein Bad zu nehmen, weil man danach aussah wie eine konservierte Leiche. Um Zeit zu sparen, bürstete ich mir meine Zähne immer unter der Brause; wie auf das miese Wetter am Wochenende konnte ich mich darauf verlassen, daß mir die Zahnbürste dabei regelmäßig in die Wanne fiel; genauso verläßlich war die Tatsache, daß ich mir beim Aufheben derselben grundsätzlich den Kopf an der Duschwand stieß. An diesem Morgen war das unangenehmer als sonst. Nachdem das Pochen im Schädel nachgelassen hatte, überkam mich ein wohltuender Schauer; ich drehte den Hahn noch ein wenig nach rot; eine Gänsehaut überzog meinen Oberkörper und kitzelte mich am Nabel. Es hämmerte und pochte in meinem Schwanz, wie zuvor im Kopf - nur angenehmer. Meine Muskeln spannten sich, und ich befühlte den Teil von mir, der als einziger zu wissen schien, was er vom Leben erwartete. Ich erfüllte seine Erwartung liebevoll, ausgiebig und intensiv. Er bedankte sich mit drei Strahlen, die senkrecht zum von oben herabfallenden Wasser ihren Weg auf die Duschwand nahmen. Aus dem Radiowecker im Zimmer drang die Stimme von Miss Everdine an mein Ohr: »Positiv sollten Sie Ihren Tag beginnen!«

An diesem Morgen war es ungewöhnlich kalt, und ich hatte große Schwierigkeiten, mich davon zu überzeugen, daß der Gedanke an einen Tag im Bett indiskutabel wäre. Also unternahm ich einen von diesen abertausenden, meist zwecklosen Versuchen, mein Auto zu starten. Spätestens, als es anstandslos ansprang, hätte ich die Zeichen verstehen, der Vernunft nachgeben und den Weg zurück ins warme Nest antreten sollen.

Ich tat es nicht, und fuhr so auf einem annähernd verwaisten Highway in Richtung Universitätsklinik. Es entzog sich nicht meiner Kenntnis, daß es Phänomene gibt auf dieser Welt, für die auch ein aufgeweckter Schlächter, wie Fennly einer war, keine Erklärung hatte, aber die leergefegte Straße vor mir überstieg die Ebene, auf der Wunder stattfinden, um ein Vielfaches. Normalerweise hätte ich an der zweiten Ampel schon fünfmal geflucht und mich spätestens auf der 5th Avenue mit den Vertretern der Selbst- und Lynchjustiz solidarisiert.

Ich beschloß letztendlich, daß meine Gebete - der Teufel solle sie alle holen - endlich erhört worden seien und fuhr zufrieden, wie einer, dessen sehnlichster Wunsch in Erfüllung gegangen ist, auf dem Parkgelände der Uni ein.

Nun konnte selbst ich mich nicht mehr täuschen. Es war mir nämlich klar, daß es soviel Erhören und Gerechtigkeit gar nicht gab auf der Welt, als daß auch Peter Gatler vom Fegefeuer verschluckt worden wäre. Gatler war jener geistige Tiefflieger, dessen Vater, weil er im Vorstand der Klinik saß, das Mögliche unmöglich machte; er verhinderte, daß publik wurde, was ohnedies schon jeder ahnte: "Peter Gatler war ein Voll-Idiot". Er war nicht da an diesem Morgen, besser gesagt, seine protzige Corvette stand nicht auf meinem Parkplatz. Für Gatler kam nämlich kein anderer Parkplatz der Welt in Frage als der meine.

Es hatte mich immer fasziniert, aus welchen Situationen verschiedene Menschen ihre Befriedigung zogen. Was für mich meine Morgenlatte war, war für P. G. meine Parkbucht, in die er sein Gefährt stellte. Es war mir unangenehm, mich beim Erigieren zu ertappen, als ich mich fragte, ob er bei dieser allmorgendlichen *Jetzt-ärgert-er-sich-wieder-Aktion* einen echten medizinisch-biologisch nachweisbaren Orgasmus hatte.

Auf alle Fälle stand sein Wagen nicht da, und es dauerte nicht mehr lange, bis ich daraufkam, daß gerade der Timeworp stattgefunden und ich nur nicht daran teilgenommen hatte.

Was sollte ich nun tun? Unwiderruflich war ich eine Stunde zu früh. Mißmutig drückte ich meinen beharrlichen Ständer in eine etwas weniger peinigende Position und stellte den Motor ab. Ich beschloß bei einer Zigarette darüber nachzudenken, wie diese vergeudete Stunde, die ich mein Leben lang nicht wieder zurückgewinnen würde, am effektivsten zu gestalten wäre. Dabei kam mir natürlich als erstes in den Sinn, mich dem Druck in meiner Hose zu beugen. Da ich das aber nicht mit der Ursache meines Ständers, dem Idioten Peter Gatler, in Einklang bringen konnte und mich mein erneuter homoerotischer Anfall ohnedies irritierte, verweigerte ich ihm meine Dienste. Bill's Cafeteria öffnete erst in zwei Stunden, und so blieb mir an diesem gnadenlosen Morgen auch der Genuß von heißem, wohltuendem Koffein versagt.

Es war wohl ein Entschluß, der weder im Kopf, noch im knurrenden Magen gefaßt wurde, der mich aus dem Auto, geradewegs in den Obduktionssaal trieb. Meine Schritte waren der Situation unangemessen groß, und ich bemühte mich, schon im Lauschen auf die Geräusche, die meine Sohlen auf den verschiedenen Unterlagen machten, einen Zeitvertreib zu sehen. Der Kies knirschte bei gleichem Tempo langsamer, als das Linoleum im Flur quietschte. Ich sponn mir eine Melodie zusammen aus dem Rhythmus meines Schrittes - es war eine dumpfe Melodie, und ich sang sie in Moll. Beim theatralischen Klang meines Summens zog sich mein renitenter Ständer endlich zurück und glitt wie ein toter Wurm mit dem Kopf voraus ins Hosenbein. Es fröstelte mich, und ich war froh, die vielen Stufen zum Saal hinaufsteigen zu müssen.

Oben angelangt, schwor ich mir, übernächste Woche endgültig mit dem Rauchen aufzuhören. Über das schnelle und arrhythmische Treppensteigen hatte ich meine Melodie verloren. Mißmutig über diesen Verlust näherte ich mich der geöffneten Tür des Raumes, in dem ich den Rest meines Tages verbringen würde. Meine Schritte hallten von den Wänden des endlos scheinenden Flures wieder.

Da war sie wieder, die Melodie meines morgendlichen Oratoriums. Ich betrat den Saal und blieb wie angewurzelt stehen. Auf Tisch 3 lag ein abgedeckter Körper. Es waren verschiedene Umstände, die mir den Schweiß in die Innenflächen meiner Hände trieb. Noch nie hatte ich diesen Raum alleine betreten, noch nie war es dämmrig und ruhig gewesen. Lärmende Kommilitonen, grelles Licht und hundert Gedanken an tausend Dinge des Tages prägten bislang die Atmosphäre dieses Teils des Gebäudes. Hastig griff ich nach dem Schalter; die

Neonröhren leuchteten auf und erloschen, leuchteten auf und erloschen, bis sie endlich konstantes Hell von der Decke auf mich und den Anderen warfen. Sie blinkten im Takt meiner Melodie. Noch etwas stimmte nicht an dieser Situation. Die Leichen waren niemals abgedeckt, wenn sie hier lagen; dafür gab es keine Notwendigkeit. Keiner sah hier den Menschen als solchen an. Ihn, der auf einem dieser Tische seiner Verwandlung in ein organloses Nichts entgegenlag. Keine Angehörigen oder Freunde, die Anstoß an seiner Blöße und Entwürdigung nehmen würden, hatten Zugang zu diesem Trakt. Warum also war dieser hier bedeckt?

Es schoß mir in den Sinn, daß es Phil sein könnte, der sich einen derben Spaß daraus machen würde, bei meinem Näherkommen aufzufahren und mir einen Todesschrecken einzujagen; aber dann fiel mir die Uhrzeit wieder ein und Phils Zusammenbruch in diesem Saal. War es nicht unwahrscheinlich, daß er einen solchen Scherz inszenierte?

Ich kam mir reichlich albern vor, wie ich mich Schritt für Schritt zu Tisch drei vorarbeitete, und ich entsann mich dabei einer Szene aus einem Psycho-Thriller, von der ich als kleiner Junge über Wochen hinweg allnächtlich geträumt hatte.

»Cleary, wenn Sie mit Händchenhalten fertig sind, kommen Sie wieder; ich verspreche Ihnen auch, daß es nicht allzu sehr bluten wird«. War es womöglich eine kollektive Verschwörung von Dan, Peter, O'Brian und Fennly? Würde vielleicht hier eine Episode von Hidden Camera gedreht, und der Rest der Welt würde sich die Bäuche halten vor Lachen angesichts des sich vor Angst in die Hose pinkelnden Medizinstudenten? Mit zwei übergroßen, entschlossenen Schritten ging ich auf den abgedeckten Körper zu und riß an dem weißen Leinen.

Lieber Bücherfreund!

Möchten Sie unser vollständiges Verlagsprogramm kennenlernen? In diesem Fall schicken Sie ganz einfach diese Karte – mit Ihrer Anschrift versehen – an uns. Sie werden dann laufend über alle lieferbaren Titel des Foerster-Verlags und über unsere Neuerscheinungen informiert.

Auch unsere regelmäßig erscheinenden Zeitschriften und Magazine sollten Sie sich einmal ansehen. Übrigens: Sie erhalten unsere Sendungen im neutralen Briefumschlag. Haben Sie Freunde oder Bekannte, die sich ebenfalls für unsere Bücher und Zeitschriften interessieren? Dann teilen Sie uns bitte die Anschriften mit. Recht herzlichen Dank!

Ihr Foerster-Verlag

Mein Absender:

Name _____

Straße _____

Postleitzahl/Ort _____

Meine besonderen Interessengebiete: _____
_____
_____

Schicken Sie ein Verlagsverzeichnis an: _____
_____

Diese Karte lag in dem Buch: _____

Antwort

**An den
FOERSTER-VERLAG
Postfach 700 362
D-6000 Frankfurt 70**

Bitte
ausreichend
frankieren

Ich fuhr zusammen. Keine versteckte Kamera, nicht Phil, Dan, Peter oder O'Brian - aber auch kein Monster aus dem Psycho-Thriller. Das zurückgeschlagene Laken gab den Blick frei auf ein Gesicht, das ich nicht kannte und doch schon viele Male gesehen hatte.

Schön geschwungene Brauen lagen über den großen Augen, eine gerade Nase führte hinunter zum ägyptisch anmutenden Mund. Volle und doch zarte Lippen zogen mich in ihren Bann. Am Kinn befand sich ein tiefes Grübchen. Die dunklen Locken fielen aus dem Gesicht nach hinten auf das kalte Metall des Tisches. Ein langer Hals verband den Kopf des Mulatten mit seinem Körper, dessen Formen sich unter dem Tuch abzeichneten.

Der Tod konnte sein Werk noch nicht lange vollendet haben. Die kaffeebraune Haut war noch kaum verblaßt. Der Tote hatte noch immer seinen eigenen Geruch, der sich angenehm duftend seinen Weg durch den Schleier der Desinfektionsmittel in meine Nase bahnte.

Ich konnte mir mein Entsetzen nicht erklären, doch es wich nicht, im Gegenteil nahm es jede Faser meines verkrampften Körpers in Beschlag.

War es die Tatsache, daß ich zum ersten Mal jemandem, der nicht auf seinen eigenen Füßen in diesen Raum gekommen war, bewußt ins Gesicht sah? Hatte dieser Schauder bislang noch nicht mein Bewußtsein erlangt, weil es sich bei den anderen um vorwiegend alte Menschen handelte, und dieser sich in meinem Alter befand? War es, weil er unter seinem weißen Laken wie ein für die "große Reise" aufgebahrter Pharao dalag und nicht wie ein lebloser Körper, der bald unter fachlichen Worten, von sachlichen Händen ausgehöhlt und endgültig entseelt werden würde?

Hastig bedeckte ich wieder sein Gesicht. Ich sah ihn trotzdem durch das Weiß hindurch. Keine Frage, ich war nicht ganz bei Trost; alle ungeschriebenen Gesetze hatte ich mit meinem Verhalten gebrochen. Was würde Fennly zu meinem Dialog mit dieser Leiche sagen? Bei der Antwort auf diese Frage drehte es mir meinen leeren Magen um; ich wandte mich zur Tür, doch etwas zog mich am Ärmel meines Jacketts. Mir stockte der Atem, und ich wagte es nicht, mich von der Stelle zu rühren.

Ich weiß nicht, wie lange ich so verharrte; zehn Sekunden, eine Minute - es erschien mir wie eine Ewigkeit. Langsam drehte ich mich um in der festen Überzeugung, dem aufgerichteten Mulatten in die toten Augen zu sehen. Aber er lag unverändert da, mit Ausnahme einer schwarzen Locke, die ihm das Laken, welches sich mit dem Saum an einem Knopf meines Ärmels verfangen hatte, über die Augen mit den langen, schwarzen Wimpern gezogen hatte.

Sein Haar fühlte sich an wie die Samtschleife an dem Ballkostüm meiner Mutter, mit dem ich als Kind, wenn sie ausgegangen war, Verkleiden gespielt hatte. Ich strich die Locke behutsam zurück, so als würde er nur schlafen, und ich ihn mit einer unvorsichtigen Bewegung erschrecken könnte. Das Tuch bedeckte nun wieder seinen ganzen Körper, auf den ich kaum einen Blick zu werfen gewagt hatte.

Rückwärts entfernte ich mich von Tisch 3, bis ich an den Rahmen der Tür stieß, mich umdrehte und an die frische Luft eilte. Mein Atem ging schwer. Ich weiß nicht, wie lange ich so gestanden hatte, bis ich aus diesem Zustand aufschreckte, als Phil vor mir stand.

»Hallo alter Junge, was machst du denn schon hier. Ich muß gestehen, daß ich gedacht habe, du und dein Kater würden heute zu Hause bleiben«. Bevor ich sie zurückziehen konnte, hatte er meine Hand ergriffen und quetschte sie auf die mir so verhaßte Weise. Grob zog ich meinen Arm zurück. Mit jeder Begrüßung dieser Art wuchsen meine Aggressionen. Ich mußte mit Phil sprechen - bald, damit er diese »*ich-bin-nicht-schwul-Tour*« ablegte. Es war einfach eine unserer Freundschaft unwürdige Situation.

»Was ist mit dir los, Alan, du bist ganz blaß.« »Nichts ist mit mir los, diese Frage solltest du dir besser selbst stellen.« Und damit ließ ich den völlig irritierten Phil stehen, stapfte durch den Kies, setzte mich in meinen Wagen und schlug die Tür so fest zu, daß ich mir sicher war, in Zukunft nur noch übers Verdeck in den Innenraum gelangen zu können.

Mein Auftritt mußte sehr wirkungsvoll gewesen sein, denn Phil traute sich nicht, mir nachzukommen und nach der Ursache meines Anfalls zu fragen. Völlig verwirrt ging er in Richtung Pathologie.

Hinter mir hörte ich, wie ein Fahrzeug nur mühsam zum Stehen kam. Im Rückspiegel sah ich in das dümmliche Gesicht Gatlers. Ich hätte eine Viertelstunde meines Lebens dafür gegeben zu erfahren, was unter seiner Schädeldecke ablief, bei dem für ihn mühseligen Versuch zu denken. Seine zukünftigen Patienten taten mir schon jetzt leid. Selbst, wie er die Leichen zerlegte, qualifizierte ihn eher als Metzger denn als Arzt.

Wir standen alle mit unseren weißen Kitteln vor Pharao. Selbst jetzt, wo er völlig nackt, kahlrasiert und unbedeckt auf dem Tisch lag, hatte er nichts von seiner Würde eingebüßt. Er hatte einen sehnigen Körper mit wohlgeformten Schultern, Armen und Händen, seine Taille schien ungewöhnlich schmal. Der Penis war etwas dunkler als die anderen Partien und lag groß und gerade über den Hoden. Seine Beine waren lang und schlank. Auffällig war die Feingliedrigkeit seiner Finger und Zehen, die mit wohlgeformten Nägeln versehen waren, deren Weiß einen starken Kontrast zur ansonsten kaffeebraunen Haut ergab.

Alle sahen ihn an, und eine seltsame, andächtige Stille erfüllte den Raum. Selbst Gatler enthielt sich seiner pietätlosen Witzeleien über die Leichen, an denen er immer irgendeinen Ansatzpunkt für geschmacklose Bemerkungen fand. "Vielleicht", schoß es mir abwegigerweise durch den Kopf - "ist er ja doch ganz nett".

Mit Getöse schlug die Tür ins Schloß und ließ uns alle herumfahren. Statt des Hohepriesters erschien Fennly, der mit der Grazie eines Brauereigauls durch den Saal klapperte. Selbst sein Kittel hatte offensichtlich Schwierigkeiten, in angemessenem Tempo hinter ihm herzuflattern. Er band sich die Gummischürze um, nahm sich das Messer und stand nervös damit herumfuchtelnd vor uns.

»Aufgewacht meine Herren, dies ist keine Stehparty am kalten Büffet«. Schwitzend machte er sich an seinen Handschuhen zu schaffen, und Pharaos Würde steuerte mit unaufhaltsamer Geschwindigkeit ihrem Ende entgegen.

Die Messer, die in der Pathologie verwendet werden, haben nichts von den zierlichen OP-Skalpellen. Sie sind so grob, wie die Arbeit, für die sie bestimmt sind. Das größte ist 50cm lang und unterscheidet sich augenscheinlich nicht von jenem, mit dem mein Metzger seine Schweine zerlegt. Auch das übrige Instrumentarium wie Bohrer, Säge, Hammer, Meißel, Scheren, Schöpfkellen usw. läßt eher auf eine besser ausgestattete Hobbywerkstatt schließen als auf ein Ärztebesteck.

Fennly ließ - das war eine seiner typischen Handbewegungen - alle zehn Finger zweimal knacken, bevor er sein Werk begann. Er setzte den T-Schnitt von der einen Schulter über das Schlüsselbein zur anderen und von der Mitte dieser so gezogenen Linie bis hinunter zum Schamhügel. Es verwunderte mich, daß Pharaos Fleisch der scharfen Klinge genauso nachgab wie das welke, weiße der alten Lady vor zwei Tagen.

Keine exotischen Klänge, die ein ägyptisches Wunder ankündigten, erklangen, als sich die Oberhaut teilte, das subkutane Fettgewebe trennte und den Blick auf Muskulatur und Knochen freigab. Fennly klappte die durch das "T" entstandenen Lappen rechts und links auf. Die Haut oberhalb des Schlüsselbeines wurde bis zum Kinn hinaufgezogen. Der Professor faßte darunter und zog die Zunge nach unten.

Die große Reise hatte ihr Ende gefunden, die Demontage ihren Anfang genommen. Der einzige Zauber, der stattfand, wurde von Fennlys schwitzendem Gesicht widergespiegelt. Er war ein begeisterter Priester seiner eigenen Religion, deren Insignien die Instrumente in seiner Hand waren.

Die Rippenknochen wurden seitlich mit der "Geflügelschere" durchtrennt, und der gesamte Brustkorb wie ein Deckel abgehoben. Auch die Organe ließen nicht auf einen Göttersohn schließen. Nachdem die Inspektion und Vermessungen abgeschlossen waren und die Tastbefunde vorlagen, wurden der linke und rechte Lungenflügel an den Gefäßeinmündungen durchtrennt und in eine bereitstehende Schale für die spätere Untersuchung geworfen. Dann wurden die Verbindungen zur Wirbelsäule gekappt, und Fennly entnahm zusammenhängend Zunge, Speiseröhre, Luftröhre und das Herz. Leber, Milz und

Nieren wurden unter seinen geschickten Fingern ebenfalls mit beeindruckender Geschwindigkeit entfernt. Als letztes machte sich Fennly über den Magen und Darmtrakt her; sie wurden voneinander getrennt, der Länge nach aufgeschnitten und ausgewaschen.

»So, meine Herrn - dieses war der erste Streich. Ich bin Ihnen dankbar, Mr. Stevenson, daß Sie sich diesmal nicht wieder durch ein kleines Nickerchen entzogen haben. In einer Stunde fahren wir mit der Sektion fort.«

Er klapperte mit wehendem Kittel davon. Nun wußte ich, warum uns Pharao vor seinem Fluch verschonte. Wir taten nichts anderes als das, was ihm zum Zwecke des Mumifizierens widerfahren wäre. Deshalb sah er immer noch so gelassen und würdig aus wie zuvor.

Die Stunde erschien mir wie Minuten, und unerbittlich trat der Professor vor den Gegenstand seiner Konzentration. Er setzte einen halbrunden Schnitt am Hinterkopf und zog die Haut wie eine lose Gummimaske über den Kopf bis zum Kinn. Der Schädel lag frei und wurde nun von Fennlys Faktotum, dem alten Harry Mills aufgesägt. Das war Harrys Job, den er täglich ausübte, und die einzige Arbeit, die der Professor offensichtlich für zu unwürdig erachtete, um sie selbst zu erledigen. Er hob die losgesägte Schädeldecke ab, wie den Deckel eines Schnellkochtopfes, und bemächtigte sich des Gehirns.

Plötzlich wurde die Tür aufgestoßen, und herein platzte ein aufgelöster junger Mann mit völlig entgleisten Gesichtszügen. Seine Augen waren geschwollen und rot, aus der Nase lief ihm der Rotz, sein Mund war zu einer Grimasse verzogen.

»Wo ist Tim - Ihr Schweine, was habt Ihr mit ihm gemacht?« Er schrie wie von Sinnen und hatte offensichtlich Schwierigkeiten, sich auf den Beinen zu halten. Dann fiel sein Blick auf den entstellten, gesichtslosen Körper. Er stand sekundenlang reglos da, bevor er mit einem Erstickungsanfall in sich zusammenbrach.

»Was, zum Teufel, ist das?« schrie Fennly. Er hielt mit beiden Händen das Gehirn des Toten. Ungläubig starrte er auf den zusammengebrochenen Jungen; seine Halsschlagader schwoll bedenklich an, die Farbe seines Kopfes unterschied sich in nichts von dem Rot eines Pavianarsches.

»Bin ich denn hier von lauter Irren umgeben, wer ist dieser hysterische Bengel, verdammt nochmal?«

Er warf das Gehirn in eine Schale und klapperte zu dem besinnungslosen jungen Mann, der arrhythmisch zuckte.

»Tubus, Füße hochlegen.« »Wir haben hier keinen Endotrachealtubus«, sagte Dan, der sich als erster von uns wieder gefangen hatte. »Dann bringen Sie eben einen Löffel, oder sonstwas, womit ich verhindern kann, daß er seine eigene Zunge frißt.«

Nun standen wir alle um ihn herum, und es war seltsam zu beobachten, wie flink und doch behutsam dieselben Hände, die wir nur an toten Organen schneiden, tasten und zerren sahen, sich am lebenden Objekt bewährten.

»Cleary, rufen Sie die Ambulanz, Sie kennen sich ja inzwischen bestens aus mit diesen Fällen!« Dabei warf er einen abfälligen Blick auf den errötenden Phil.

»Sagen Sie, daß ein Irrsinniger, der meine Erste-Hilfe-Kenntnisse abfragen will, unter schwerem Schock steht«.

II. Kapitel

»Guten Morgen Mr. Ronald, geht es Ihnen besser?« Der junge Mann schien mich nicht zu hören. Er starrte aus dem Fenster des Zimmers ins Nichts.

»Mr. Ronald!« Er drehte den Kopf im Zeitlupentempo in meine Richtung. Sein schönes Gesicht war noch immer verquollen, und der Blick seiner geröteten Augen war leer, wie der Hall von den Wänden des Korridors. Er schien durch mich hindurchzusehen, und ich fragte mich, ob es eine gute Idee gewesen war, bei ihm vorbeizuschauen. Vielleicht, dachte ich, hätte ich Glück, und mein Piepser würde mich jeden Augenblick zurück auf Station rufen.

»Sie kannten Mr. Wholestone?« Ich hatte Pharaos Name aus seiner Akte erfahren und war mir eigentlich sofort über die Schwachsinnigkeit meiner Frage völlig im klaren. Sein Blick bündelte sich und traf mich im Zentrum meiner Pupillen, so daß ich unangenehm berührt zu Boden sah.

»Wer sind Sie?« sagte eine Stimme, die nicht von diesem Planeten zu kommen schien. Sie war weich und rund, etwas belegt und doch durchdringend. Sie verwies mich auf einen Platz in der Schulbank und ließ mich befürchten, daß ich im nächsten Moment von ihr in die Ecke geschickt würde.

»Mein Name ist Alan, Alan Cleary. Ich habe Sie auf Station gebracht, woran sie sich wohl nicht mehr erinnern werden. Sie sind zusammengebrochen im ..., Sie sind kollabiert und standen unter Schock, es tut mir ...«

»Haben Sie Tim gekannt, Dr. Cleary? Natürlich haben Sie ihn nicht gekannt. Waren Sie dabei? Haben Sie das getan? War er das?«

Seine Mundwinkel zuckten, ein glänzender Streifen lief von seinen Augen über die Wangen und fiel von der Kante seines Unterkiefers aufs Laken, um sich dort als wachsender dunkler Punkt auszubreiten. »War er das?«

Ich sah erneut zu Boden. »Der Tote, den wir gerade sezierten, hieß Tailor und war Libanese. Mr. Wholestone ist bereits bestattet«. Seine tiefblauen Augen fixierten mich prüfend, er forschte in meiner Körpersprache nach Anhaltspunkten für Glaubwürdigkeit oder Verrat.

»Haben Sie mit ihm dasselbe gemacht?«

»Mr. Wholestones Tod war symptomatisch eindeutig und machte daher eine Obduktion völlig überflüssig.«

»Wie kommt es dann, daß die Schwester sagte, er befände sich in der Pathologie?«

»Alle verstorbenen Patienten kommen zunächst dorthin - auch, wenn sie nicht seziert werden.« Mich wunderte es, mit welcher Überzeugung und Selbstverständlichkeit mir diese Unwahrheiten von den Lippen gingen.

»Mein Name ist Mike«.

»Ich dachte, Sie heißen Ken, Ken Ronald.« »Tim nannte mich immer Mike.« Sein Blick entzog sich mir wieder, um sich erneut im Nichts, das sich jenseits des Fensters zu befinden schien, zu verlieren.

»Waren Sie sehr gut befreundet?«

»Er war mein Partner« hörte ich die weit entfernte Stimme sagen.

Was meinte Mike alias Ken damit? Hatten sie beide ein Geschäft zusammen? Es konnte einfach nicht sein, daß es das bedeuten sollte, wonach es sich anhörte. Kein Mensch würde so offen *darüber* zu einem Fremden sprechen.

»Wie meinen Sie das, Ken?« Ich bekam keine Antwort. Der Piepser verwandelte meine in die Stille des Zimmers gestellte Frage in zerfließende Worte. »Ich werde Sie heute abend nochmal besuchen, das heißt, wenn Sie nichts dagegen haben.«

Das Piepsen in der Kitteltasche auf der einen Seite und Ken Ronalds Apathie auf der anderen rissen an meinen Nerven, wie zwei Mannschaften eines Tauziehwettbewerbes. Die Piepsermannschaft gewann den Kampf. »Bis später.«

Die Patienten beschwerten sich an diesem Tage zu Recht über meine groben Fahrlässigkeiten. Selbst die arme, alte Miss Elroy, die ich inzwischen mehr liebte als meine verkalkte Tante Aimy, quälte ich mit vier unnötigen Stichen, bevor ich ihre Vene traf.

Den ewig hustenden und ausspuckenden Gatten von Mrs. Johnes warf ich zwei Minuten nach Ablauf der Besuchszeit hinaus; die Aushilfsschwester, die ich zum hundertsten Mal beim Rauchen auf der Toilette erwischte, meldete ich, entgegen meiner Aversion gegen Disziplinarmaßnahmen, bei der Oberschwester.

Phil, dem ich seit vorgestern aus dem Weg gegangen war, kam, Hand voraus, auf mich zu. Ich spürte, daß dieser Begegnung etwas Endgültiges anhaftete. Zum ersten Mal war es mir möglich, das geflügelte Wort *Es stellten sich ihm die Nackenhaare* am eigenen Leibe nachzuvollziehen. Meine Hände zogen sich automatisch in die Taschen meines Kittels zurück.

»Hallo, alter Junge - warum hast du nicht angerufen?« Seine als Schraubstock mißbrauchte Killerhand baumelte unmotiviert und verunsichert an seiner Seite. Durch meine Abwehrhaltung irritiert, strauchelte John Wayne und wechselte auf den letzten drei Metern eher in den abstrusen Laufrhythmus von Jerry Lewis.

»Sieh dich lieber vor, man könnte uns zusammen sehen, Dr. Stevenson.« Ich bediente mich Fennlys Klapper-Flatter Schritts, um dieser im Traum ganz anders verlaufenen Horror-Szene zu entkommen. Noch heute weiß ich nicht, ob das Geräusch, das ich in diesem Moment vernahm, von einer aus der Angel gerissenen Tür oder von Phils herunterklappendem Kiefer verursacht wurde.

Mein Dienst war in zwanzig Minuten zu Ende, doch ich konnte es nicht länger aushalten. Mit der Erklärung, daß ich es wohl an die Blase bekommen hätte, entfernte ich mich von einer mich bedauernden Schwester Agneta.

Ungeduldig stieß ich die Tür zu Zimmer 512 auf. »Gut, daß Sie kommen Herr Doktor. Schon zwei Mal habe ich geläutet, aber die Schwester scheint ja Wichtigeres zu tun zu haben.«

Ich drehte mich auf dem Absatz um und stieß dabei mit July Gilmore, einer Kommilitonin, zusammen. »Na, was machst denn du hier, Alan?«

»Wo ist der Patient von 512?« »In seinem Bett, wie du siehst.« »Ich meine Mike, eh, Ken Ronald.« »Ach so der, den haben sie heute mittag entlassen, wieso?« »Nur so, ich habe ihn rübergebracht und fühle mich ein bißchen verantwortlich - du verstehst.« »Mach dich nicht verrückt, Alan, wenn du nach jedem Kollaps schauen wolltest, hättest du viel zu tun.«

Sie hatte keinen Verdacht geschöpft, aber das würde passieren, wenn ich nach Kens Akte fragte, in der ich natürlich auch seine Adresse fände.

»Weißt du was, laß uns doch noch ein wenig quatschen Dr. Cleary, du hast ja sowieso in 10 Minuten Dienstschluß. Geh schon mal vor ins Wachzimmer; wenn ich nach Mr. Franklin geschaut habe, komme ich nach.«

Das war die Gelegenheit. Ich hatte Glück. Die Akte war noch nicht ins Archiv gebracht worden. Hastig, wie ein Dieb, der die Sirenen der Polizei bereits vernimmt, kritzelte ich mir Ken Ronalds Adresse auf eine herumliegende Quittung von Pizza-Toni. »Entschuldige, Alan, es hat etwas länger gedauert, aber dieser Franklin ist wirklich schwierig.« »July, es tut mir wahnsinnig leid, aber ich hatte ganz vergessen, daß ich zum Essen eingeladen bin.« »So, wer ist denn die Glückliche? Oder ist das ein Geheimnis?« »So könnte man es nennen, also dann, July. Ich wünsche dir eine ruhige Nacht.«

Sie entließ mich mit Schmollmund und einem nicht ehrlich gemeinten »Viel Spaß«. Ich kannte außer mir keinen Kommilitonen, der July noch nicht von innen mit seinem Instrument vermessen hätte. Offensichtlich brachte es ihr "Alle oder Keiner-Motto" völlig aus dem Takt, daß sie meinen Namen nicht in die endlose Reihe ihrer Stecher einfügen konnte. Ihre "Busenfreundin" Neely Charlton hatte mir und dem Rest der Uni, unter dem Lendenschurz der Verschwiegenheit, anvertraut, daß July alle ihre Hengste benoten würde. Ich hatte ausgiebige Erfahrungen mit der Note 6 bereits in der Schule gemacht und nicht das geringste Bedürfnis nach Renaissanceerlebnissen.

Ich wußte, wo sich die Upper Street befand, denn um die Ecke war der Chinese, bei dem ich mir öfter Frühlingsrollen und Chop Suey holte. Sie lag fast auf meinem Nachhauseweg. Da ich keinen Nerv hatte, mir einen Parkplatz zu erprügeln, stellte ich meinen Wagen, den ohnedies kein Cop als Fahrzeug identifizieren würde, ins Absolute.

Der ständig fluchende und grinsende Besitzer des Restaurants, der auf den Namen Tschen-Fu hörte, erkannte mich im Vorbeigehen und flötete mir irgendwelche geschäftsfördernde Freundlichkeiten zu. Heute nicht, Tschen-Fu, mir ist schon schlecht.

Ein Schwarzer, der eine Tolle hatte wie Elvis, sang den Simon & Garfunkel-Song *Bridge over troubled Water*, ein Graffity-Skin sprühte das Wort Nigger vor ihm auf das Pflaster. Eine alte Frau, die mich sehr an Miss Elroy erinnerte, schob gebißlos murmelnd einen Einkaufswagen mit Plastiktüten vor sich her.

314, Upper Street. Ich überflog die Namensschilder, bis ich bei einem weißen Klebeetikett für Einmachgläser hängenblieb, auf dem ein T und ein M mit einem Pluszeichen verbunden waren, und um das Ganze hatte jemand ein Herz gemalt. Tim + Mike, das konnte es sein. Zumindest las ich keinen der beiden Nachnamen auf den übrigen Schildern. Zweimal drückte ich auf den angeschmorten Klingelknopf und fragte mich, ob einmal nicht angebrachter gewesen wäre. Es erfolgte keine Reaktion. Frustriert wiederholte ich den Vorgang, als es in der Sprechanlage rauschte:

»Ja?« Trotz des verzerrten Klanges der Stimme konnte ich sie sofort erkennen.

»Hier ist Cleary, Alan Cleary vom National Hospital.«

Zwischen meiner umständlichen Selbstbeschreibung und dem Summen des Türöffners lag eine kleine Ewigkeit. Nervös trat ich von einem Bein auf das andere. Der Hausgang war ungewöhnlich sauber und roch zu meiner Verwirrung nach der

Küche meiner Mutter. Die Tür war angelehnt, und ich klopfte zaghaft. Schritte kamen näher, bis Ronalds im Türrahmen erschien. Er sah größer und besser aus, als ich ihn in Erinnerung hatte. Seine Mundwinkel waren leicht nach unten gezogen, sein Blick hatte noch immer etwas von jener Ausdruckslosigkeit.

»Ich bin gesund Doc ... und ich lebe. Sie müssen sich schon ein anderes Opfer für Ihre Schlachtbank suchen.« »Sie wissen, daß das nicht fair ist.« »Was wollen Sie von mir?«

Diese Frage brachte mich völlig aus der Fassung, wußte ich doch selbst nicht genau, welche Motive mich hierher getrieben hatten.

»Ich weiß es nicht, aber ich wollte Sie sehen, und Sie waren schon weg, als ich heut' abend auf die Station kam. Es tut mir wirklich leid ... das mit Ihrem ... Partner.«

Ronalds sackte förmlich in sich zusammen. Er starrte auf die halbleere Whiskyflasche in seiner Hand. »Kommen Sie rein. Wollen Sie was trinken Doc?« »Nein danke, ... oder doch, ja bitte.« Er ging in die Küche, die sich am entgegengesetzten Ende des Korridors befinden mußte, ich hörte, wie Gläser klirrten. »Mit Eis?« klang seine Stimme vom anderen Ende der Welt. »Ja, wenn es keine Umstände macht.« Der Kühlschrank wurde geöffnet.

Ich stand etwas verloren in einem ungewöhnlich großen und hohen Raum, der geschmackvoll und teuer eingerichtet war. Zwei lederne Dreisitzer standen sich gegenüber, in der Mitte lag ein chinesischer Teppich, auf dem ein postmoderner Couchtisch stand. An den Wänden befanden sich Bücherregale, deren Stilrichtung nicht einzuordnen war, weder die verarbeiteten Materialien noch deren Formen hatte ich je zuvor gesehen. An den Wänden hingen einige riesige Ölgemälde. An der Decke pulkte ein übergroßer Ventilator, vom Boden her kühlte weißer Marmor die asphaltwarmen Sohlen. »Nehmen Sie Platz, Doc, schenken Sie sich selbst ein.« Ich wollte die Modezeitschriften, die auf dem Sofa lagen, beiseite räumen, um mich setzen zu können, als mein Blick auf die Titelblätter fiel.

Pharao lächelte mir zynisch entgegen; auf einem anderen kniff er die Augen zusammen und hatte den Mund einen Spalt weit geöffnet; das nächste präsentierte ihn, wie er mit seiner rosafarbenen Zunge Konfekt von seinen Lippen leckte, was ihn scheinbar zu amüsieren hatte.

Ich sah Fennlys orangefarbene Hand, wie sie unter der bis zum Kinn gezogenen Haut Wholestones Zunge herauszog, um sie mit den damit verbundenen Organen aus seinem Körper zu ziehen.

Ronalds fixierte mich mit einem Ausdruck, der mich erschaudern ließ. »Ja, Mr. Cleary, so hat er mal ausgesehen! Er war ein hübscher Junge, nicht wahr? Und das war nicht seine einzige Qualität, Doc. Wie fühlt sich das Gehirn eines intelligenten Menschen an, wenn man es in Händen hält? ... anders, als das eines Dummen? Spürt man, ob ein Mensch gut oder böse war, wenn man sein Herz heraustrennt, um es in einen Eimer zu schmeißen? Hat sein Schwanz noch nach mir gerochen, als sie ihn abgeschnitten haben, Doc? Ich frage Sie etwas, antworten Sie gefälligst!«

Der Kloß in meiner Kehle ließ sich nur mit Mühe schlucken, und ich vermied es, Ronalds in die Augen zu sehen. »Heute Morgen habe ich Ihnen doch schon erklärt, daß wir Mister Wholestone nicht obduziert haben. Es ist verständlich, daß Sie das, was Sie gesehen haben, sehr mitgenommen hat. Glauben Sie mir ... auch für uns ist es nicht leicht.«

»Entschuldigen Sie, Cleary. Es ist wirklich alles zuviel für mich gewesen.« Er schloß die Augen und ich wußte, daß er mehr sah als zuvor in geöffnetem Zustand. Ronalds war noch sehr schwach und hatte, wie die Schachtel auf dem Tisch erkennen ließ, Tranquilizer genommen, er schlief ein. Ich fühlte seinen Puls, der keinen Anlaß zur Sorge gab. Mein Blick fiel wieder auf die Titelbilder. Tim Wholestone; eines der Magazine hatte seine ganze Lebensstory gedruckt. Natürlich hatte ich ihn schon gesehen; auf Bildern, versteht sich. Ich goß mir noch einen Whisky ein und steckte eine Zigarette an. Nun saß ich also auf dem Boden neben dem schwulen Freund des toten Wholestone. Noch gestern hatte ich gedacht, daß ich der einzige wäre, der zu derlei *krankhaften* Empfindungen neigte. Und schon heute sollte sich mir offenbaren, daß andere es lebten, als handle es sich um die natürlichste Sache der Welt, daß sie es sich leisteten, um den toten Partner zu trauern, wie es wohl meine Mutter um meinen Vater tun würde. Vielleicht war das ein schlechtes Beispiel. Was würde meine Mutter tun, wenn sie wüßte, daß einer der Männer, deren Abbildungen sie Stunden mit verklärtem Blick betrachtete und sich wünschte es wäre mein Vater, ein *Entarteter* - einer von *Diesen* war? Wäre das der Anfang eines Umdenkungsprozesses gewesen, oder hätte sie Winnies Zeitungsstand in Brand gesetzt? Wahrscheinlich letzteres.

Ken atmete ruhig und gleichmäßig und schien in einen tiefen, traumlosen Schlaf gesunken zu sein. »Ken, ... Ken!« Ruhig und gleichmäßig, tief und traumlos. Ich stellte mir vor, daß dies auch durchaus eine Situation aus dem gemeinsamen Leben von Tim und Ken hätte sein können. Was hätte Tim in einem solchen Moment getan? Vorsichtig und ohne zu atmen berührte ich seine erhitzten Wangen. Seine Haut war weich, wie die eines Säuglings. Er drehte sich zur Seite und legte sich mit dem Gesicht auf meine Hand. Es vergingen mindestens 15 Minuten, bevor ich die Anflüge eines Krampfes verspürte. Ich setzte mich um, ohne die Position meiner Linken zu verändern. Nach weiteren fünf Minuten streichelte ich ihn behutsam über die braunen Locken, ihre samtige Weichheit erinnerte mich an die von Tims Haaren. Mein Zeigefinger fuhr an dem weißen Hals entlang und blieb auf seiner runden, muskulösen Schulter liegen.

Ich begann zu schwitzen, wollte aber nicht die Hand wegziehen, um mir die feuchte Stirn abzuwischen. Mein Daumen begann seinen Arm zu streicheln. Ich kannte die nun in mir aufkommende Erregung nur aus den Storys der Jungens, die großartig von ihren ersten Erlebnissen mit Mädchen berichteten. Für mich waren das immer Lügen gewesen, denn bei keinem der Mädchen, mit denen ich zusammen war, hatte etwas derartiges stattgefunden. Ich konnte deutlich die sich unter dem T-Shirt abzeichnenden Brustwarzen erkennen. Mit der rechten Hand berührte ich sie so vorsichtig, wie ich Tante Aimys Kaffeeservice aus der Vitrine im Wohnzimmer zu heben gewohnt war. Ich durfte Ken berühren, ich tat es für Tim, denn er konnte es doch nicht mehr tun. Ich war Tim.

»Sie können mich streicheln, Alan, denn ich bin sehr traurig, und es ist ein tröstendes Gefühl, aber lassen Sie Ihren Schwanz aus dem Spiel.« Ich fuhr zusammen, als hätte mich Tim von hinten gepackt. »Sie haben nicht geschlafen, Ken?« »Zuerst ja, dann bin ich aufgewacht. Es tut gut, gestreichelt zu werden.« »Dann darf ich weitermachen?« »Was ich meine, ist, ich will keinen Sex, Alan, ist das klar?« »Völlig klar.« Er schloß wieder die Augen und ich begann erneut ihn zärtlich zu streicheln und beschränkte meine Liebkosungen nur auf völlig unverfängliche Partien seines Körpers. Ich glaube, ich war ziemlich glücklich in diesem Moment. Wieviel Zeit so vergangen war, bis das Telefon klingelte, kann ich unmöglich sagen. Es war leise gestellt und surrte kaum vernehmbar. Dann schaltete sich ein weiterer Apparat sehr viel lauter ein. Eine klare, angenehme Stimme sprach:

»Hier ist der automatische Anrufbeantworter von Tim Wholestone, leider bin ich zur Zeit nicht persönlich erreichbar, höre das Band jedoch regelmäßig ab. Hinterlassen Sie Name, Rufnummer und Information, damit ich mich umgehend mit Ihnen in Verbindung setzen kann. Sprechen Sie nach Ertönen des Signaltons.«

Der Anrufer legte auf. Ken saß senkrecht auf der Couch. Ich befürchtete, daß er einen erneuten Schock erleiden könnte. Mit einem Satz stand er auf den nackten Füßen und rannte in einen der auf dem Flur gelegenen Räume. Laufendes Wasser war zu vernehmen - ich wartete fünf Minuten, dann klopfte ich an die Badezimmertür.

»Ist alle O.K., Kenny?« Der Hahn wurde zugedreht, die Tür öffnete sich. Er sah mich mit geröteten Augen an. »Ich habe den Anrufbeantworter vergessen. Das war Tims Stimme.« Seine Lippen zitterten, und eine neue Flut von Tränen rann ihm über das Gesicht.

»Bleiben Sie heute Nacht bei mir, Alan. Ich drehe durch, wenn ich alleine bin ... bitte.« Ich brauchte mir die Antwort nicht eine Sekunde zu überlegen. Mein Zögern war nur Ausdruck meiner Verwunderung über diese Bitte.

»Natürlich, Ken, ich bleibe gerne.« Er atmete auf. »Danke, das ist wirklich süß von dir. Willst du deinen Freund anrufen, oder jemanden anderen, der auf dich wartet?« »Es wartet keiner auf mich«. »Oh, na um so besser.« Nachdem er den Apparat abgeschaltet hatte, gingen wir ins Schlafzimmer. »Ist es dir lieber, wenn ich im Wohnzimmer schlafe?« »Von dort aus kannst du mich nicht streicheln. Ich weiß, daß du ein anständiger Junge bist.« Es war mir nicht ganz klar, ob ich glücklich oder unglücklich sein sollte über diese Bemerkung, entschied mich aber in dieser Situation für ersteres. Da es im ganzen Haushalt keinen Pyjama gab, und Ken davon ausging, daß der Anblick von unbekleideten Männern für mich so selbstverständlich sei wie für ihn, gingen wir nackt zu Bett.

In der Dunkelheit klang seine Stimme noch fremder und unwirklicher. »Findest du es unpassend, daß ich mich von dir streicheln lasse?« »Überhaupt nicht - du willst nicht angefaßt, sondern getröstet sein. Wenn du Tim nicht so sehr geliebt hättest, bräuchtest du keinen Trost. Er würde es bestimmt so wollen.« »Das hast du schön gesagt, Alan. Ich habe niemals einen Menschen geliebt wie Tim. Ich weiß nicht, ob ich ohne ihn leben kann.« Er drehte sich zur anderen Seite. »Danke Alan, daß du hier bist ... Gute Nacht.«

III. Kapitel

»Henry! Ich kann die Tournee nicht machen, verstehst du das nicht? Ich habe diesen Vertrag mit Tim zusammen unterschrieben. ... Aber Tim ist tooot, Henry! Morgen ist er immer noch tot - es hat keinen Zweck, ich melde mich bei dir, wenn ich wieder O.K. bin.« Der Hörer wurde auf den Apparat geschlagen. Ken tapste mit 35 klatschenden Barfußschritten durch den endlosen Gang, bis er, in einen seidenen Kimono gehüllt, vor dem Bett stand.

»Guten Morgen, Alan. Hast du gut geschlafen, oder war es nur dein Arm, der geschnarcht hat, weil ich die halbe Nacht draufgelegen habe?« »Ich habe geschnarcht?« »Eindeutig und unüberhörbar, von hier bis zur Eastside.« »Das ist mir schrecklich peinlich - hoffentlich konntest du trotzdem schlafen.« »Sagen wir so: Nach dem 200.000sten Schäfchen bin ich für die Dauer einer deiner wenigen Atempausen eingenickt.«

Ich führte es auf meinen gequälten Gesichtsausdruck zurück, daß ich Ken das erste Mal, seit ich ihn kannte, lächeln sah. Es tat gut, ihn so zu erleben. »Steh auf, ich habe Kaffee gemacht. Man sagt, es sei der beste in der Stadt.«

»Ich fürchte, ich kann so nicht.« Meine Morgenlatte zeichnete sich unübersehbar durch das dünne Laken ab. Ken sah ungeniert darauf und kommentierte trocken: »Neben dem Bett steht ein Karton Kleenex; laß dir nicht allzuviel Zeit damit, sonst wird der Kaffee kalt.« Mit den gleichen klatschenden Schritten entfernte er sich. Ich faßte unter die Decke und befühlte das pulsende Pochen meines vor Erregung schmerzenden Schwanzes. Die ganze Nacht hatte ich mit ihm zu kämpfen gehabt. Der Kopf war prall und feucht. Der Kitzel, als ich die glitschigen Tropfen auf der Eichel verrieb, war fast unerträglich. Meine Hand umfaßte die Quelle meiner Lust und trieb sie ihrem Ziel entgegen. Ich dachte an Kens runde Schultern, an seine kleinen, zarten Brustwarzen, an seine prallen, runden Hintern. Völlig außer Kontrolle stöhnte ich laut auf, als mir zwei heiße Strahle auf den Bauch klatschten. Meine Muskeln strafften sich, und mit kleinen, wehenartigen Krämpfen brach ich unter den Wogen des Genusses zusammen.

»Was wir machen, machen wir exzessiv, Doc, wie?« Er hatte es also gehört. »Kein Grund zu erröten. Ich mag Leute, die mich beim Wort nehmen. Milch oder Zucker?« »Du hattest einen Anruf?« «Henry Lamar hat mich auf meine Verpflichtung hingewiesen, die dreimonatige Europatournee anzutreten, für die ich mit Tim unter Vertrag stand. Ich werde wohl kaum drumherum kommen. Er ist einer der einflußreichsten Männer in der Branche, und wenn er sauer auf mich ist, sind es alle.« »Kannst du nicht bei einer anderen Agentur unterkommen?«˘»Wenn Henry mit einem fertig ist, dann ist man erledigt, K.O., verstehst du? Ich würde nichtmal mehr von Woolworth engagiert, um fünf Paar getragene Socken vorzuführen.« »Wann wird diese Tournee starten?« »In einer Woche.« Ich sah ihn bestürzt an. »Und es gibt wirklich keinen Weg …?« Er schüttelte den Kopf und steckte sich eine Zigarette an. »Keinen Weg. Es ist verrückt. Andere träumen ein Leben lang davon, von Henry unter Vertrag genommen zu werden. Wenn Tim nicht gewesen wäre, hätte ich es wohl auch nie geschafft.

Wo wohnst du eigentlich?« »Ich habe ein Appartement in der

Porter Street.« »Ohje, dann hälst du ja richtig was aus. Teure Mieten, rostiges Wasser, Mäuse im Flur und Kakerlaken an der Decke.« »Hast du auch schonmal dort gewohnt?« »Nein, aber Tim, er meinte, die Zeit dort wäre O.K. gewesen, und bei einem so versauten Leben wäre eine versaute Wohnung nicht mehr ins Gewicht gefallen. Es ging ihm damals ziemlich dreckig. Da war er noch nicht Mr. 10.000 Dollar mit dem smarten Lächeln.«

Es war mehr, als ein gutes Zeichen, daß Ken langsam begann, von Tim zu erzählen, und ich dachte, daß ich die Frage wagen konnte:

»Tim hatte alles erreicht, wovon andere Menschen träumen. Er hatte Geld, sah gut aus, war gesund, lebte in einem der schönsten Appartements, die ich je gesehen habe, und hatte einen Partner wie dich, der ihn über alles liebte. Warum hat er sich umgebracht?« Ken starrte in seinen Kaffee, als könnte er darin lesen. Ich war wohl doch zu voreilig gewesen. »Wenn du nicht darüber sprechen willst, dann brauchst du es nicht zu tun.« »Es ist nicht, daß ich es nicht möchte, es tut nur so verdammt weh. Es ist einfach so gottverdammt idiotisch. Ich hätte es wissen müssen, wir alle hätten es wissen müssen, denn er hat es ja gesagt. Er vertrat die Auffassung, daß ein Menschenleben genau wie eine Party sei. Sie braucht Zeit, um richtig in Schwung zu kommen, den richtigen Rahmen und die richtigen Leute. Wenn sie dann auf dem Höhepunkt der Stimmung angelangt ist, kann sie nur noch schlechter werden, und man sollte gehen. Seine *Party* war auf dem Höhepunkt, und ich müßte eigentlich stolz darauf sein, daß ich die Attraktion des Festes sein durfte. Ich Idiot. Ich habe immer nur darüber gelacht, anstatt es ernst zu nehmen, hielt es für eine amüsante Folgeerscheinung der Tatsache, daß er sich dreimal hintereinander Harold und Maud angesehen hat. Maud war achtzig, verdammt nochmal.« »Du konntest es nicht ahnen ...« »Doch, zum Teufel, ich konnte. Weil er immer getan hat, was er sagte, gleich, wie sinnvoll oder sinnlos es war. Er hat niemals irgendeine gottverdammte Scheiße nicht getan, wenn er gesagt hat, daß er diese gottverdammte Scheiße tun würde. Er hat mich nicht geliebt. Er hätte das nie getan, wenn er mich wirklich geliebt hätte.« »Red' keinen Unsinn, Ken, natürlich liebte er dich. Sonst hätte er es hier gemacht. Das wäre für ihn sehr viel bequemer gewesen, als sich in ein beschissenes Krankenhaus zu legen. Er wollte nicht, daß du ihn findest, wollte gehen, ohne jemandem weh zu tun.«

»Trink deinen Kaffe, Alan - kalt schmeckt er nicht.« Ken stand auf und ging ins Bad. Er kam geduscht und angezogen zurück. Die engen Jeans und das weite Seidenhemd unterstrichen seine gute Figur. Das gelierte Haar hatte er streng aus der Stirn gekämmt. Ich hätte ihn auf der Straße nicht wiedererkannt.

»Mußt du nicht in die Klinik?« »Ich möchte lieber bei dir sein.« Er sah mich kritisch an, »Ich weiß, der Schwanz bleibt aus dem Spiel.« Ken lächelte das verwirrende Lächeln eines flirtenden Teenagers, das mich ständig zu Highschool-Phantasien inspirierte, nur nicht zu vernünftigen Gedanken. »Warum ziehst du nicht hierher, Alan? In einer Woche bin ich für ein Vierteljahr weg. Es wäre gut, wenn jemand in der Wohnung ist in dieser Zeit, und ein Loch wie das in der Porter Street bekommst du immer wieder; New Yorks Slums sind groß.« »Aber du kennst mich ja noch gar nicht.« »Ich habe auch nicht um deine Hand angehalten, sondern gefragt, ob du auf die Wohnung aufpaßt, während ich weg bin.« »Nat... natürlich würde ich, das wäre super, aber bist du dir auch … .«»Dann fahren wir jetzt zu dir und packen.«

Mein Auto, das irgendein superschlauer Cop doch als solches entlarvt haben mußte, war abgeschleppt worden, und Ken amüsierte sich über meinen hysterischen Wutausbruch. Wir fuhren also zur Wache, Ken legte mir die Summe aus, weil ich soviel Geld nichtmal auf meinem schwindsüchtigen Konto, geschweige denn einstecken hatte. Dann fuhren wir zu meinem Appartement, um meine wenigen Habseligkeiten, vor allem Bücher, zwei Koffer Klamotten und einen totgegossenen Kaktus, zusammenzupacken und in mein neues Zuhause zu transportieren.

»So, jetzt hast du mich auf dem Hals, bedauerst du es schon?«»Frühestens heute nacht, wenn ich die Schafe wieder aus dem Pferch treiben muß, damit sie darin nicht von den abgesägten Bäumen erschlagen werden.« Wir lachten beide. Es kam mir so vor, als würden wir uns seit Jahren necken. Tschen-Fu war hocherfreut, als ich seine Goldgrube mit zwei großen Tüten verließ. Es schmeckte mäßig, wie immer, und das einzige, was wirklich prima war, beschränkte sich auf den Spaß, den wir bei dem Versuch hatten, trotz Stäbchen-Essens nicht zu verhungern. Wir saßen beide auf dem Sofa, und Ken erzählte ein wenig von seinem Leben, das seinen Schilderungen nach erst mit Tim richtig begann. Er legte Chopin auf und holte uns Drinks. Eine Weile später bettete er seinen Kopf auf meinen Schoß. Es war eine zutrauliche, harmlose Geste, und ich wußte, daß er wieder gestreichelt werden wollte. Ich fuhr ihm durchs Haar, dann am Hals entlang, zählte mit den Fingerkuppen seine Wirbel und erklärte ihm ihre Eigenheiten. Meine Hand tastete sich entlang der samtweichen Haut und passierte den Hemdkragen. Er hinderte mich nicht daran. Kreisförmig massierte ich seinen Rücken und spürte die starke Muskulatur. Sacht ließ ich meine Nägel an der Wirbelsäule hinabgleiten. Er zuckte leicht und bekam eine Gänsehaut, die sich auch sichtbar aus dem Ärmel des Hemdes über seine Ober- und Unterarme ausbreitete. Ich fühlte, wie mein Schwanz auf das Gewicht von Kens Kopf mit einem heftigen Gegendruck reagierte. Das Blut schoß mir mit rasender Geschwindigkeit durch die Adern, und meine Begierde, Kens Körper an mich zu reißen und überall zu streicheln, wurde zur Qual. Ich atmete schwer, was zu verbergen immer anstrengender wurde. Fast glaubte ich, an meinem lautlosen Gehechel ersticken zu müssen, als ich bemerkte, daß Ken seine Wange an meine Ausbuchtung drückte. Oder bildete ich mir das ein? Meine Hand suchte ihren Weg unter dem Hemd. Sie glitt an die weiche Seite des ansonsten festen Körpers, ich spürte, wie mein Glied auf seiner eigenen Flüssigkeit in der Hose verrutschte. Ein gepreßter Laut entfuhr meiner Kehle.

»So geht das nicht,« rief ich, während ich mich unter Kens Kopf herauswand und aufsprang. »Das ist nicht fair; das halte ich nicht aus, und du weißt das.« Ken sah mich unbeeindruckt an.

»Erlebt unsere kleine Wohngemeinschaft die erste Krise? Du hast dich schlecht unter Kontrolle, Doc.« Zynisch zog er die Brauen nach oben und verließ den Raum.

Ich hätte mich ohrfeigen können. Alles war so harmonisch gewesen, warum mußte ich es durch meine Schwanzlastigkeit zerstören? Auf der anderen Seite fragte ich mich, was Ken bezweckte. Er mußte wissen, welche Höllenqualen ich ausstand, oder beruhten die Irrtümer darauf, daß er mich als erfahrenen Schwulen einschätzte? Ich beschloß, mich auf diesem Gebiet schlau zu machen und mir die hohe Schule der Szene zu Gemüte zu führen. Wie, das wußte ich noch nicht, aber ich schwor mir, meine Lektionen zu lernen und jede versäumte Stunde nachzuholen; irgendwie würde sich schon eine Möglichkeit auftun.

Ich fand Ken im Schlafzimmer. Er lag ganz auf seiner Seite. »Es tut mir leid. Soll ich woanders schlafen? ... Ich werde morgen wieder in meine Wohnung gehen ... das ist schon O.K. so.« »Red' keinen Blödsinn, Alan, und komm ins Bett.« Ken drehte mir den Rücken zu und rutschte so dicht an mich, daß wir wie zwei Löffel in der Schublade lagen. Ich plazierte behutsam meinen Arm auf seiner Schulter und war glücklich, daß er so tat, als wäre nichts geschehen. Zuerst rückte meine Hüfte in einen gebührenden Abstand zu seinem mir entgegengestreckten Hinterteil, den selbst mein Ständer nicht überwinden konnte. Dann aber schob Kenny auch diesen Teil seines berauschenden Körpers an mich heran. »Entspanne dich, Alan. Versuche, wie ich, die bloße Berührung zu genießen. Es ist so schön, einem Menschen nahe zu sein. Sex ist so ein kleiner Teil von diesem großen Gefühl.«

Daß das Gefühl groß war, konnte ich bestätigen. Keinesfalls, daß Sex ein für mich so unmaßgeblicher Aspekt sein konnte, wie offensichtlich für Ken. Auch das hing wohl mit seiner Abgebrühtheit und Erfahrung in diesem Bereich zusammen. Erneut, und zum zweiten Mal an diesem Abend, schwor ich den Schwur des Zauberlehrlings. Mit meinem in Kennys Ritze gepreßten, geschwollenen und schmerzenden Glied schlief ich mit dem Gefühl der Verzweiflung über meine Unerfahrenheit ein. Morgen würde alles ganz anders aussehen.

Der Morgen verlief völlig anders als erwartet, geschweige denn wie der erste. Schubladen wurden aufgezogen und lautstark wieder zugeschlagen, Schranktüren klapperten, und Leitersprossen stöhnten metallen unter energischen Tritten. Plastiktüten raschelten, Kartons wurden von tretenden Füßen der Garaus gemacht. Mein vorsichtig blinzelnder Blick fiel auf einen in Kleiderbergen um sich schlagenden Ken.

»Was machst du da?« »Ich bin am Aussortieren.« »Und was, wenn ich fragen darf, sortierst du aus?« »Da deine Kleider nicht nur veraltet, sondern schlichtweg untragbar waren, habe ich mir erlaubt, sie in Tüten zu packen und den Pennern vor der Haustüre zu schenken. Tim und du ... eure Konfektionsgröße ist die gleiche. Du hast somit eine erlesene Garderobe zugeteilt bekommen.«

Ich spürte, wie mir Wut und Röte gleichermaßen in den Kopf schossen und die Worte, die aus meinem Mund herauspolterten, waren zehnmal so laut wie ich sie hervorbringen wollte: »Ich bin nicht Tim und, wie du mich einmal täglich darüber aufklärst, wir sind lediglich eine Interessengemeinschaft und nicht Vater und Mutter, die gemeinsam besprechen, was gekocht und was getragen wird.« Die Heftigkeit meiner Worte entsetzte mich, und ich hätte mich sofort dafür entschuldigt, wäre mir nicht klar gewesen, daß es die Sache noch schlimmer machen würde. In Kens Augen flammte etwas auf, das zu interpretieren ich mich instinktiv hütete. Etwas warnte mich eindringlicher, als ich es jemals zuvor wahrgenommen hatte. Es flogen mir unzusammenhängende Vergangenheitsfetzen um die Ohren, wie: Wenn Papa nach Hause kommt, ... heute werde ich deinen Klassenlehrer anrufen, ... warum riechst du nach Rauch, Alan, ... wann gibt es eigentlich Zeugnisse, ...hast du keine Freundin, ... fasten your seatbelt and stop smoking, ... wenn Sie mit Händchenhalten fertig sind .... Gefahr in Verzug, und ich hätte etwas darum gegeben, zwei Tage jünger und sehr viel cooler zu sein. Hilf mir, Pharao!

»Mich darauf aufmerksam zu machen, daß du nicht Tim bist, ist mehr als überflüssig. Du hast das Format eines kleinen, rotznäsigen Jungen, der seine ersten Schamhaare zählt. Was deine *Lost-Look-Klamotten* anbelangt, so bin ich mir sicher, daß die Penner sie wieder in die Tüten zurückgesteckt und keinen einzigen Fetzen fortgetragen haben, weil sie das Gefühl hätten, einem Bruder den über die Jahre gesammelten Müll zu stehlen. Du kannst sie dir also wieder heraufholen.«

Die Wohnungstür fiel hart ins Schloß, und ich stand alleine im Zimmer mit meiner *Gib-mir-meine-Lieblingsjeans-wieder - Kinderei.*

Ob es Ken versöhnen würde, wenn ich ihm erzählte, daß meine Mutter schon immer meine - in ihren Augen ausgedienten - Klamotten in Plastiksäcken vor die Tür gestellt hatte. Konnte er denn nicht verstehen, daß ich mich verletzt und erniedrigt fühlte, wenn er die Kleider, die ich mir durch harte Schufterei endlich zusammengekauft hatte, als untragbar bezeichnete? Gedemütigt und um so resignierter stocherte ich mit nackten Zehen in den Bergen von Tims textilen Kostbarkeiten.

Als ich in den Spiegel sah, erschrak ich. Konnte es sein, daß ein wenig Gel im Haar und andere Klamotten einen Menschen derart veränderten? Wie ich mich so dem Anderen bekannt gemacht und den ersten Schock überwunden hatte, beschloß ich, Gefallen an ihm zu finden. Er war ein gutaussehender Junge. Das hatte ich mir noch nie zugestanden, denn die Mädchen, die mir das bislang ins Ohr geflüstert hatten, wollten sich damit ohnedies nur den nächsten Drink sichern.

Die Tür wurde aufgeschlossen, Ken stand mir fassungslos gegenüber. »Das muß man sagen: Es ist ein Glück, daß dein Aussehen nicht deiner Konsequenz entspricht. Du müßtest dich in der Kanalisation versteckt halten.« »Laß es gut sein, Ken. Ich hab' mich blöd benommen und bin nun brav deinem Angebot gefolgt. Sag lieber, wie du es findest.« »Tim sah besser darin aus.« Ich senkte den Blick und wandte mich ab. »Es tut mir leid, Alan, ich bin ein Aas. Und außerdem stimmt es nicht. Du siehst sehr gut aus so; zu gut vielleicht.« Er stand direkt hinter mir, drehte mich zu sich um und küßte mit seinen vollen, warmen Lippen meinen Mund. »Entschuldige, Alan. Es soll nicht wieder vorkommen.«

Hätte ich meine äußere Veränderung nicht selbst wahrgenommen, es wäre kein Problem gewesen, sie in den Gesichtern der Kommilitonen und Bekannten zu lesen. July Gilmore kotzte fast ihren Schellfisch in den Teller, als ich mich ihr mit einem lässigen Hallo gegenübersetzte. Sie verschluckte sich heftig und hustete, bis ihre ständig zählende und notenverteilende Birne purpur angelaufen war. Sofort zog sie ihren als Handtasche getarnten Waffenschrank hervor und entnahm ihm Puder und Lippenstift.

Es machte mir einen Höllenspaß, Kinnladen herunterklappen und Augen, die von verhaßten und hohlen Köpfen beherbergt wurden, glotzen zu sehen. Der arme Phil wußte nun überhaupt nicht mehr, wie ihm geschah. Wahrscheinlich hatte er sich vorgenommen, mit einem legeren »Na, alter Junge« eine Versöhnungsrede anzustimmen, und sah sich völlig der Basis seines dummen Spruches beraubt. Er tat das einzig Unverfängliche, indem er, seiner Konfliktbereitschaft entsprechend, den Rückzug antrat.

Die Tage vergingen wie im Flug, und Kens Abreise stand unmittelbar bevor, als mich Schwester Simon ins Dienstzimmer rief: »Cleary, das hab' ich völlig vergessen. Was soll ich denn mit Wholestones Koffer machen?« Tim hatte angegeben, daß er keine Verwandte, Bekannte oder Freunde hätte. Damit ersparte er Ken alle bürokratischen Unannehmlichkeiten. Er hatte auf diesem Wege selbst auf eine feierliche und seinen Verhältnissen entsprechende Beerdigung verzichtet. Die Kosten trug der Staat. Es war mir gelungen, Ken davon zu überzeugen, daß er es so gewollt hatte, und, daß man ihm nun seinen Willen und vor allem seinen Frieden lassen sollte, indem man ihn dort ruhen ließ, wo er von städtischen Totengräbern begraben worden war. Simon holte einen billigen Koffer aus der Aufbewahrungskammer.

»Ich werde mich darum kümmern, Schwester.« Übertrieben lässig griff ich nach dem Gepäckstück und verließ das Zimmer. Am Auto angelangt, öffnete ich mit nervösen Fingern die Schlösser. Ein Waschbeutel, die Schuhe, Hose, T-Shirt und Hemd, ein goldener Füllfederhalter, ein dickes ledernes Buch und die leere Silberdose, in der er wohl die tödliche Dosis Tabletten aufbewahrt hatte.

Wieder sah ich ihn vor mir liegen: groß, braun, jung und schön. Wieder lehnte sich etwas in mir auf gegen diesen unfaßbaren Beschluß dieses unbegreiflichen Menschen. Ich blätterte gedankenverloren in dem Buch, als mir auffiel, daß es handgeschrieben war. Auf der ersten Seite stand das Wort *Tagebuch*. Es lief mir heiß und kalt den Rücken hinunter.

Ich war in Pharaos letzte Grabkammer vorgedrungen, die Steinquader schoben sich beiseite, und ich sollte Einblick haben in ihr Innerstes. Panik überkam mich, ich klappte das Buch hektisch zu und verstaute es mit den anderen Dingen im Koffer. Ich verschloß ihn so schnell, als gelte es zu verhindern, daß ein Fluch entweicht, um sich zu erfüllen.

Ich erzählte Ken nichts von meiner Entdeckung und hatte es auch selbst nicht gewagt, einen zweiten Blick darauf zu werfen. Im Kofferraum des Wagens war mein Geheimnis sicher.

Der Abend verlief harmonisch, und ich erhielt letzte Instruktionen, was die Wohnung und das Drumherum betraf. »Wirst du mich vermissen, schöner Mann?« »Ich glaube kaum, daß das für dich von großem Interesse ist.« »Solltest du dir in dieser kurzen Zeit schon einen Hauch von Zynismus und Arroganz zugelegt haben?« »Wenn ja, dann dürfte der Name meines Lehrmeisters kein Geheimnis sein. Ich hatte keinen anderen um mich herum als dich.« »Aufgrund der Tatsache, daß dies unser vorerst letzter gemeinsamer Abend ist, bin ich bereit die Böswilligkeit deiner schlecht getarnten Attacke gegen mich zu überhören. Es wäre schön gewesen, wenn es dir ein bißchen leid getan hätte, daß ich gehe.«

Ich mißtraute meiner Beobachtung, die mir sagte, daß Ken wirklich traurig aussah, und alle Angriffslust aus seinen Augen verschwunden war.

»Laß uns zu Bett gehen, Kenny, dort gebe ich dir meine Antwort.«

Die Schwüle dieser Nacht war von keiner türkischen Sauna zu übetreffen; meine Finger glitten unermüdlich auf seinem schweißnassen Rücken auf und ab.

»Würdest du mich nochmal küssen, bitte?« Er drehte langsam seinen Kopf zu mir; ich erwartete kühle Zurückweisung, als zwei starke Arme aus der Dunkelheit nach mir griffen. Warme, feuchte Lippen öffneten sich auf meinem Mund, seine Zunge tastete sich an der Grenze meiner Zähne vorbei, um zu leidenschaftlichem Leben zu erwachen. Die Hitzewelle seines Körpers überrollte mich, mein Verstand begann sich um meine Sinne zu drehen wie ein Karussell. Hundert Finger zogen mit ihren Nägeln rote Striche auf meinem Rücken, Schweiß lief in meine ungläubig ins Dunkel starrenden Augen. Unsere Zungen umglitten sich wie zwei in sich verbissene Schlangen. Sein schwerer Atem verbrannte meine Haut, unsere Leiber klatschten naß und glühend aneinander, unsere Schwänze fochten einen feuchten Kampf, den keiner verlieren wollte. Ich spürte, wie mir ein Kitzel an der Innenseite meiner Schenkel entlang über meinen Hintern um die Taille zu meinen Hoden lief; jeder Versuch, ihn zu unterdrücken, wurde von einem gleitenden Stoß an Kennys schweißnassem Bauch entlang vereitelt. Der Kitzel steigerte sich ins Unerträgliche und schoß gebündelt ins Nichts. Ken stöhnte auf, und berauscht empfing ich seine heißen Ergüsse auf meinem Körper. Wir preßten uns aneinander und zerrieben, was zwischen uns war, zu einer glitschigen Masse, die in kleinen Flüssen aufs Laken tropfte.

IV. Kapitel

Es dauerte seine Zeit, bis alle meine Sinne in mich zurückgekehrt waren, und mich ein düsterer Morgen in den neuen Tag spuckte. Eine unheilvolle Stille lag über der Wohnung, und ich ahnte, daß ich irgendetwas Entscheidendes verpaßt hatte. Ich brauchte nicht lange, um festzustellen, daß es sich dabei weder um Tante Aimys Geburtstag, noch um meine letzte Klausur handelte. Der Zettel neben meinem Kopfkissen gab mir klare Hinweise:

Ich hoffe, du bist nicht sauer, Alan, aber ich hasse Abschiedsszenen.
Ken!

Wütend über diesen scheinbar im letzten Moment hingeschmierten, allerletzten coolen Spruch zerknüllte ich den Freßzettel und warf ihn in die Ecke. Keine Anrede, kein Bezug auf vergangene Nacht, kein *Tschüß*, kein *Dein*, nichts. Was zum Teufel wollte er mir oder sich damit beweisen?

Das Reinigungsritual fand wie unter Hypnose statt, aus der ich nur kurz erwachte, als ich mir seit Ewigkeiten (wie mir schien) wieder den Kopf beim Bücken nach meiner Zahnbürste stieß. Ich fühlte mich sehr roh behandelt und, was noch schlimmer war, verlassen. Dieser Schweinehund. Ich würde es ihm schon zeigen. Mit mir könnte er so etwas nicht machen. Hielt er mich für ein billiges Flittchen, hatte er nicht gemerkt, daß es mein *Erstes Mal* war mit all der Leidenschaft und allen Gefühlen, die dazu gehörten? Für ihn war es wohl sehr normal und durchschnittlich, womöglich sogar schlecht und langweilig gewesen. Nein, für langweilig hatte er zu heftig gestöhnt, und für schlecht war er zu heftig gekommen. Aber was war es dann? Ich hatte mir bislang viele Situationen ausgemalt, um meine Wichsphantasien zu dramatisieren, aber keine hat mich jemals auf die Enttäuschung vorbereitet, der ich nun unterlag.

Da saß ich mit meinem gelstarren Frisürchen, in den Klamotten desjenigen, der hier wirklich zu Hause gewesen war, und der diese Situation wohl nie erlebt oder mitgemacht haben wird. Er grinste selbstbewußt aus dem Magazin, das ich wütend neben den Toaster geschmissen hatte.

Was würdest du tun an meiner Stelle, Pharao? Wo hast du dieses souveräne Grinsen geklaut? Wie hast du es angestellt, daß ein Typ wie Ken so bedingungslos auf dich abgefahren ist? Plötzlich dachte ich wieder an das Tagebuch und war sicher, daß es den Schlüssel für meine Fragen enthielt.

Ich benötigte keine fünf Minuten, um die Treppe hinunterzupoltern, den Zeitungsjungen umzurennen, in einen noch dampfenden Hundescheißhaufen zu treten, das Buch aus dem Kofferraum zu holen und, braune Abdrücke hinterlassend, denselben Weg zurückzulaufen. Der Zeitungsjunge hatte gerade wieder sein auf dem Gehsteig verstreutes Bündel zusammengelesen.

»Sie sollten sich wirklich etwas mehr Zeit lassen, Sir.« Sein Blick, der zwischen Wut und Neugierde schwankte, traf mich zwischen den Beinen. »Es tut mir leid, Kleiner.« Er grinste mich unverschämt an und sah so aus, als hätte ich ihm eine Frage beantwortet. »So klein ist *Er* gar nicht.« Es schien ihn zu irritieren, daß mir bei dieser Bemerkung das Blut in den Kopf schoß, und so entschied er sich für einen kommentarlosen Rückzug.

Ich schlug, ohne darüber nachzudenken, die letzten Seiten des Buches auf; wohl weil sie mehr mit mir zu tun zu haben schienen als der Anfang.

»Ob das Ende auch zugleich ein Anfang ist, wird sich ja nun sehr bald zeigen. Ich bin gespannt. Überhaupt war alles immer sehr spannend und ungewiß. Im Grunde bin ich recht zuversichtlich, denn es gab Zeiten, da war ich mir fast sicher, daß es nie einen Mike, nie eine Wohnung in der Upper Street, nie eine Henry-Lamar-Agency, alles in allem nie ein Leben auf dieser Seite der Straße für mich geben könnte. Und doch ist es so gekommen; also warum soll es keinen Engel namens Mike geben, der mich beim Schwanz packt und über die Grenze menschlicher Vorstellungskraft ins Nirvana schleift.

Ich hätte mich weiß Gott nicht gedrückt vor einer gottverdammten Scheiß-Beerdigung. Irgendwie ist man es den Hinterbliebenen schuldig, daß sie ihr klägliches Gewissen in ein Tempo schneuzen und einen, im Rahmen des Zeremoniells, ein letztes Mal mit Dreck beschmeißen können. Gerne hätte ich Henry den Gefallen getan, meiner Kiste ein rosa Rosenbukett hinterherzuwerfen (er weiß, daß ich von Rosen Ausschlag bekomme). Schließlich bringe ich ihn ja auch mit seiner Tournee in Schwierigkeiten. Vor allem für Mike wird es schwer sein, da er ja immer noch glaubt, in mich verliebt zu sein. Würde sein Verstand und seine Aufrichtigkeit seiner subtilen Bissigkeit entsprechen, wüßte auch er, daß ich für ihn, wie er für mich, ein notwendiges kleineres Übel war. Tatsächlich sind wir uns relativ ähnlich. Wir haben uns gegenseitig benutzt, um unsere Vorstellungen einer Beziehung zu leben. Beide waren wir diesbezüglich die richtigen Partner. Ich, weil ich seinen kleinkarierten Klischees eines allgemein geachteten Freundes entsprach, um den man ihn beneidete; wobei ich nicht weiß, ob ich den Respekt meiner Potenz, meiner Hautfarbe oder der Anzahl meiner Titelfotos verdanke. Und Ken, weil er sich niemals darüber beklagte, daß ich ihn Mike nannte, wenngleich er mit Mike niemals zu vergleichen war. Er war besser für mich als es Mike war, er ist unbedarfter, unsensibler, oberflächlicher und daher unkomplizierter. Mit Mikes Namen habe ich Ken zumindest symbolisch den Aspekt hinzugefügt, den es für mich nur zweimal gab in meinem Leben: Liebe.

Ja, ich hätte auch Dolf und Lina gerne Gelegenheit gegeben, sich beim Höhepunkt des Requiems bedeutungsvoll in die Augen zu sehen und sich reuevoll an unser letztes Badmintonspiel erinnern zu lassen, als sie mich nicht gewinnen ließen, obwohl sie wissen, was für ein schlechter Verlierer ich bin.

Allen, allen hätte ich ihn gegönnt, diesen letzten Augenblick der Endgültigkeit, auch Puzzy, Rudy, Rust, Glenn, Christy, Steven, Marcy, Ron, Jyl, Porgy, Greg, Justy und wie sie alle heißen, die mit mir durch die Wüste gegangen sind. Aber es geht nicht. Ich habe keine Lust, daß sie zum falschen Text heulen, und ich weiß, wie falsch die Texte auf Beerdigungen sind: Ein Leben in Ehrfurcht vor dem Herrn, oder ..., hat er sich ergeben nach einem Kampf, den sein Leben führte gegen das Dunkel des Bösen und die Verderbtheit. Affenscheiße. Es dürfte wohl kaum einen Menschen geben zwischen hier und Babel, der mehr in Einklang mit der Dunkelheit und befriedigter in der Phase der Verderbtheit gewesen ist, als ich.

Und so habe ich eben beschlossen, mich nicht von den Mißklängen kirchlichen Singsangs begleitet verscharren zu lassen.

So halte ich meine letzte Rede selbst, im Vollbesitz meiner geistigen Kräfte. Ich, der einzige, der mein Leben beurteilen kann. Auch das ist gut so. Es war ein zum Teil beschissenes Leben, aber es war auch satt. Wenn ich den Ekel hatte, dann wußte ich auch wovon, und mußte nicht erst für teures Geld zum Psychiater rennen, um mir ein frühkindliches Trauma oder die nie verkraftete Trennung meiner Eltern, das lieblose Füttern mit der Flasche statt mit der Brust oder einen Schwanzkomplex einreden zu lassen.

Die Sauereien, die mir unangenehm waren, haben a) alle stattgefunden und b) war ich selbst daran beteiligt. Dieses Leben war ein Fest, zumindest in der letzten Hälfte, und abgesehen von den Schmerzen und Tränen, die ich mir bestimmt nicht oft zugestand, habe ich sogar den Kater dieses Festes genossen und deren Notwendigkeit begriffen. So kann ich sagen, daß ich mit derselben Lust und Erregung sterbe, mit der ich gelebt habe - "Amen".«

Das war also sein letztes Statement, wie er es wohl bezeichnet hätte. Die Frechheit seiner Worte und der Ernst, den er dem Leben nicht zollte, schienen nichts zu tun zu haben mit Pharao. Meine ohnedies schon vagen Bilder und Vorstellungen von ihm und seinem mir unbekannten Leben gerieten nun endgültig aus den Fugen.

Hastig, wie ein Junky im Schrank eines Dealers kramt, blätterte ich an den Anfang des Buches. Ich brauchte nur wenige

Sätze zu lesen, um zu erkennen, daß sich mein Plan, die versäumten Lehrjahre der großen *Szene-Schule* nachzuholen, sehr leicht in die Tat umsetzen ließ. Hatte ich nicht das beste Übungsheft der Welt vorliegen? Tim Wholestone war diesen Weg für mich gegangen und ich brauchte seiner Spur nur zu folgen.

V. Kapitel

Tim wohnte damals im Appartement 714 in der 107 Porter Street. Er war noch keine ganze Woche in der Stadt, als ihm das Geld bereits auszugehen drohte. Im Ofen brannte das letzte Holz und verbreitete einen beißenden Lackgestank im Zimmer.

Wholestone warf sich auf das quietschende Bett, dessen verpißte und scheinbar 100-jährige Matratze so weich war wie ein Sandwich von Burger's. Mechanisch griff er neben sich und tastete nach der Whisky-Flasche, der letzten, die er sich, wie es schien, für die nächste Zeit leisten konnte. Angeekelt leerte er den Inhalt mit drei großen Schlucken und zog dabei eine groteske Grimasse.

Here we are again. Vor drei Jahren hätte diese Situation kein Problem dargestellt. Er war es damals gewohnt, sich für seinen Unterhalt zu verkaufen. Junges Fleisch ging gut, und er hatte genug davon. Zwischen damals und heute lag aber der Name des Jungen, mit dem er drei Jahre gelebt hatte, der einzige Mensch, den er je in seinem Leben zu lieben bereit gewesen war.

Als er ihn kennenlernte, erzählte er ihm sofort, daß er ein Stricher war, und trotzdem wollte Mike mit ihm zusammensein. Beide hatten kein Geld, dennoch kam Tim nie mehr auf den Gedanken, anschaffen zu gehen. Er hätte es nicht nur nicht gewollt, es wäre ihm schlichtweg unmöglich gewesen. Für Mike hatte er die beschissensten Jobs angenommen, und der wiederum für ihn. Sie waren zufrieden mit dem, was sie nicht hatten, und glücklich mit dem, was sie für einander empfanden. Doch dann vollzog sich das Drama.

Tims Mutter kam zu Besuch für sechs Wochen, und Mike mußte zu Freunden ziehen. Sie wußte nicht von der Veranlagung ihres Sohnes, geschweige denn von dessen Beziehung. Tim hatte erwartet, daß sie sich seiner Mutter gemeinsam stellen würden, aber Mike meldete sich nicht. Er war zu feige für die Konfrontation, die Tim am Ende alleine ausstand. Das Ergebnis war äußerst negativ. Seine Mutter war entsetzt, Mike fort und Tim am Rande des tiefsten Abgrundes seines Lebens.

Nachdem die Mutter abgereist war, hatten sie sich noch einige Male getroffen, um zu sprechen, aber das Ende war vorprogrammiert.

Um seinen inneren Qualen ein Ende zu bereiten, brach Tim alle Brücken hinter sich ab. Er verließ Los Angeles und zog unter anderem Namen mit gefälschten Papieren nach New York. Niemehr wollte er mit der Vergangenheit in Berührung kommen. Aber sie war da, ein Teil dieser Vergangenheit. In Form von Hunger, Kälte und Einsamkeit. Welchen Grund gab es nun, nicht auch den letzten Schritt zu gehen? Für wen sollte er seine "Reize" bewahren? Es kam nicht mehr darauf an.

Mit einem Satz war er aufgesprungen, knöpfte seine Jeans zu und zog den Gürtel so eng als möglich. Er betrachtete sich seitlich im Flurspiegel. Gute Figur, netter Typ. »Ich würde dich kaufen, Timmy-Boy.« Aus dem Regal nahm er die notwendigen Requisiten, wie Zigaretten, Tempos, Poppers und Gummis.

Der Park war nicht weit entfernt. Vom Whisky benommen hatte er Schwierigkeiten, seinen Kurs zu halten. Das Dunkel der Anlage machte ihn nahezu blind, und so torkelte er auf Verdacht in die Richtung, in der er die Toiletten vermutete. Er hätte im Grunde mit geschlossenen Augen gehen können, denn der Geruch von ätzender Männerpisse schlug ihm schon von weitem entgegen. Die Lampe war, wie es an solchen Plätzen üblich ist, kaputtgeschlagen, und so setzte sich die Finsternis in den engen stinkenden Räumen fort. Um diese Uhrzeit machte sich keiner mehr die Mühe, in die Kabinen zu gehen. Gleich im Vorraum stieß er mit einem Grüppchen von drei Ledertypen zusammen, die sich gegenseitig bedienten. Der Rest des kleinen Backsteingebäudes war ebenfalls stark belebt. Man hatte eher den Eindruck, sich während des Schlußverkaufs bei Macy's als auf einer Toilette zu befinden.

Trotzdem war sie nicht eigentlich zweckentfremdet, da sie ja dazu da ist, daß Menschen darin ihre Notdurft verrichten.

Aus dem Menschenknäuel lösten sich fiebrig vorantastende Hände und drohten ihn, einem Strudel gleich, in das Zentrum der Begierde zu ziehen. Er konnte nicht beurteilen, ob es sich um zwanzig, dreißig oder vierzig Finger handelte, die ihm das Hemd vom Leibe zerrten und über seinen Körper herfielen, wie Geier über Aas. Alles drehte sich in seinem Kopf, und er verteidigte den attackierten Inhalt seiner Hose, als drehe es sich dabei um etwas, das jemand anderem gehörte. Die hektischen Bewegungen um ihn herum schienen der Motor des Karussells zu sein, das sich in seinem Kopf zu drehen begann, immer schneller ... immer schneller. Das Schwindelgefühl steigerte sich ins Unerträgliche und sein Magen, in dessen Inhalt man einen Fisch für hundert Jahre hätte konservieren können, zog sich in rhythmischen Bewegungen zusammen.

In dem Augenblick, als sein Gürtel geöffnet und der gleichmäßige Druck gegen seinen Bauch gelockert wurde, spürte er, wie sich sein Innerstes den Weg nach außen bahnte. Er spie mitten hinein in diesen unsichtbaren Reigen der Geilheit. Flüche und Drohungen wurden laut, hunderttausend Finger zuckten zu wenigen Fäusten zusammen, die ihm ihre Wut gegen den Körper schlugen. Aus dem Dunkel wurde nasser Gestank, aus den Fäusten tretende Stiefel. Der Gedanke, der ihn in die Bewußtlosigkeit begleitete, war, daß es verdammt lange dauerte, bis man starb.

»Wach auf, Junge« sprachen die Ohrfeigen, die ihn hart auf beiden Wangen trafen. »Du kannst hier nicht in der Pisse liegen bleiben. Los, reiß' dich zusammen; wer soviel säuft, muß es auch vertragen können.«

Wholestone kam langsam zu sich, und im gleichen Maße, wie sein Bewußtsein wiederkehrte, nahmen die Schmerzen zu. Er krümmte sich stöhnend.

»Tja, das kannst du ihnen nicht verübeln. Du hast ihnen die ganze Party versaut.« Er lachte auf eine angenehme, heitere Art. »Komm, bis um die Ecke wirst du's schon schaffen - es ist einfacher, dich zu meinem Medizinschrank zu schaffen als den Medizinschrank hierher.« Tim fühlte sich auf die Beine gezogen und untergehakt. Noch immer benommen ließ er sich kommentarlos von der Stimme aus dem Park schleppen. Auch auf dem Rest des Weges, den sie zurücklegten, konnte er die Gestalt neben sich nicht betrachten, da ihn ein zerrender Schmerz im Nacken daran hinderte, seinen Kopf zur Seite zu drehen.

Sie traten in eine geräumige Wohnung, deren teure, sachliche Einrichtung das Klima des Südpols nachempfinden ließ. Tim wurde auf einem weißen Ledersofa abgesetzt. Steif wie ein Schleudertraumapatient mit Halskrause wandte er sich seinem freundlichen Helfer zu.

»Warum schaust du mich an, als wäre ich ein Monster? Dein Fan-Club auf der Klappe hat sich aus häßlicheren Kerlen zusammengesetzt.« »Du weißt genau, warum ich so dämlich gucke, wie ich es wahrscheinlich tu'! Was hat ein Typ wie du auf dieser gottverdammten Klappe zu suchen?«

»Gegenfrage - wenn ich dort nichts zu suchen habe, welcher tollwütige Blindenhund hat denn so ein Teil wie dich dorthin geführt? Das Vieh gehört auf der Stelle erschossen.« Sie mußten beide lachen.

»Meine Erklärung ist sehr einfach - Ich war aus geschäftlichen Gründen dort. Und jetzt bin ich auf deine gespannt. Autsch, das brennt ja höllisch.«

»Das ist Desinfektionsspray, und auf der Packung steht ausdrücklich, daß es nicht brennt, also tut es das auch nicht. Was meinen Aufenthalt in besagtem fragwürdigen Etablissement anbelangt, so hat mein Psychiater dafür auch eine sehr simple Erklärung. Er meint, daß ich damit meine unbewältigten Pubertätskonflikte aufarbeite, wozu ich im Rahmen eines total bescheuerten, puritanischen Elternhauses keine Gelegenheit hatte.

Die allmächtige Lehre der Psychiatrie hat mich als Mutterhasser entlarvt. Ich soll sie mit meinen Klappengängen dafür bestrafen wollen, daß sie meinen Kumpel Franky aus dem Haus warf, als sie uns beim gemeinsamen Wichsen auf dem Klo erwischt hat. Die Tatsache, daß ich nur glotzen, aber nicht angefaßt werden will, bestätigt, laut Dr. Bread, daß ich noch immer versuche, die Szene mit Franky zu Ende zu spielen. Wahrscheinlich, so die düstere Diagnose, werde ich nicht von meiner Psychose geheilt, bis mir irgendwann der Prinz in Frankys Gestalt begegnet und mich anspritzt.«

»Du hast geschwindelt. Erstens, weil es doch teuflich brennt und zweitens, als du sagtest, deine Erklärung sei auch simpel.«

Der junge Mann, der kaum älter als 22 sein durfte, grinste

breit: »Für einen lausigen Stricher verfügst du über einen erfrischenden Witz.« »Für einen latenten Mutterhasser betreibst du das Bemuttern des verwundeten Opfers ziemlich intensiv.« »Keine Sorge, du weißt ja - nicht anfassen und nicht anfassen lassen ist meine Devise. Du brauchst dir also keine Sorgen zu machen um die Unschuld deines käuflichen Hinterns.«

»Qui s'excuse sa cuse.«

»Stimmt, diese Rechtfertigung würde Dr. Bread zu den interessantesten Diagnosen inspirieren. Aber Spaß beiseite. Du bist mir tatsächlich etwas schuldig. Immerhin habe ich eine aufgebrachte Elefantenherde davon abgehalten, dich zu Tode zu treten. Du hast sie ziemlich angekotzt, wenn ich das so salopp formulieren darf.«

»Und wie stellst du dir das Dankeschön vor? Soll ich mir einen weißen Kittel anziehen, dich mit einer Ausgabe *Meine Psyche und ich* auf den Arsch hauen und dir sagen, daß du ein böser Junge bist?«

»Nein. Es ist sehr viel unkomplizierter. Du sollst dich nur langsam ausziehen und dir einen runterholen - nicht anfassen und nicht angefaßt werden.«

»Ich weiß nicht, ob Dr. Bread die richtige Diagnose gestellt hat, aber verrückt bist du auf jeden Fall.« Tim schleppte sich in die Dusche und nahm sich viel Zeit für den Reinigungsakt. Er stank entsetzlich nach dem Boden der Herrentoilette. Der Geruch ging ihm, auch nachdem er sich zum vierten Mal eingeseift hatte, nicht aus der Nase.

Als er zurückkam, saß sein schöner, gut gebauter Retter mit geöffneter Hose auf dem Sofa. »Streife nur die Hose ab, die anderen Sachen behalte an, bitte!« Tim fühlte sich besser und war sich der Tatsache bewußt, daß er diesem Fremden tatsächlich zu verdanken hatte, daß er (im wahrsten Sinne des Wortes) mit einem blauen Auge davon gekommen war. Und so sah er keinen Grund, dieser höflich vorgetragenen Bitte nicht zu entsprechen.

»Und jetzt besorg' es dir.« Beide hielten ihr Glied in der Hand. Tims war gerade nach unten gereckt und bäumte sich mit jedem Herzschlag einen halben Zentimeter weiter auf. Der Anblick des anderen, dessen steifer Schwanz halb so lang, aber dafür viermal so dick war, erregte ihn. Erst jetzt registrierte er die gedimmte Beleuchtung und die fremdartige Musik. Dr. Breads Patient starrte ihn an, als wäre er der erste Mensch in dessen Leben, den er entblößt gesehen hätte. Auf eine penible Art, der eine besondere Bewegungstechnik zu Grunde lag, bearbeitete er seinen Ständer.

Tim ging auf ihn zu, bis sein zu voller Größe erigiertes Instrument im Abstand von einem Viertelmeter auf das Gesicht von Frankys Kumpel gerichtet war. Wahrscheinlich war es die Absurdität der Situation, die ihn so ungewöhnlich erregte, daß er wenige Augenblicke später kam. Er stöhnte weniger laut als Mr. Mutterhaß.

»Bist du auch gekommen?« »Ich komme niemals, das hat - wie schon erwähnt - nichts mit dir zu tun. Du warst dein Geld wirklich wert.«

»Welches Geld?« »Ich bezahle dich natürlich dafür. Ich bin ja schließlich nicht schwul und mache es zum Vergnügen, sondern bin ein kleiner Junge, der die normalste Phase seiner Entwicklung durchmacht. Wenn ich schon nicht die schützende Anonymität der öffentlichen Toilette habe, dann will ich zumindest bezahlen.«

»Du bist wirklich völlig verrückt, total übergeschnappt - bescheuert, wenn du weißt, was ich meine. Aber tu' dir keinen

Zwang an. Ich kann die Kohle dringend brauchen.« »Sind Fünfzig genug?« »Ich denke schon, dafür, daß es mir zum ersten Mal Spaß gemacht hat zu arbeiten.«

»Mein Name ist übrigens Duncan. Hier ist meine Karte. Es würde mich freuen, wenn du dich wieder melden würdest.« »Völlig bescheuert, aber O.K., Duncan. Ich melde mich - darauf kannst du dich verlassen.«

Duncan O'Brian wurde Tims fester Kunde. Jeden Mittwoch trafen sie sich in dessen Appartement und wiederholten das Spielchen des ersten Abends. Tim fühlte sich sehr angezogen von Duncans Witz und Charme. Er hätte ihn gerne öfter gesehen, ohne das *Stricher-Kunde-Spielchen*. Wenngleich er das Geld dringend benötigte, hätte er gerne darauf verzichtet, aber er hatte in der Zwischenzeit begriffen, daß Duncans scherzhafte Statements zu seinem Seelenzustand mehr den Tatsachen entsprachen, als er es jemals wahrhaben wollte. Und so wagte er nicht an den Regeln, die ihre Treffen bestimmten, irgend etwas zu ändern. Dann kam dieser Dienstagmorgen, an dem Tim bei einem späten Frühstück die Zeitung las, die er seinem verzweifelten Nachbarn allmorgendlich stahl. Der Titel schlug ihn mitten ins Gesicht:

Psychopath versucht ehemaligen Schulfreund zu vergewaltigen. Wie aus dem Pressebericht der Polizei zu entnehmen ist, versuchte der dreiundzwanzigjährige Duncan O. seinen ehemaligen Klassenkameraden Fank N. in seiner Wohnung zu vergewaltigen.

Der verheiratete Schulfreund stattete O., nachdem sich beide acht Jahre nicht gesehen hatten, einen Besuch ab, als dieser plötzlich über ihn herfiel und ihn zu homosexuellen Handlungen nötigen wollte. Beim Versuch, sich zu verteidigen, versetzte Frank N. seinem Schulfreund einen Faustschlag ins Gesicht. Dieser brach sich beim Sturz auf den Couchtisch das Genick. Er war auf der Stelle tot. Wenn die Ermittlungen die Aussagen des vernehmungsunfähigen Frank N. bestätigen, ist mit einem Freispruch zu rechnen.

Was war wirklich vorgefallen? Hatte Duncan tatsächlich an die irre Theorie geglaubt, daß von Frankys Person seine Erlösung abhing? Hatte er diesen Glauben so verinnerlicht, daß sein *Nicht-anfassen-und-nicht-anfassen-lassen - Motto* urplötzlich ins drastische Gegenteil umschlagen konnte? Hatte er sich tatsächlich auf den bestürzten Franky gestürzt, nachdem dieser nicht bereit war, die *Kinder-Wichs-Szene* nachzustellen, nicht bereit war, ihn zu erlösen, nachdem er so viele Jahre auf diese Gelegenheit gewartet hatte? Tim bekam keine Antwort auf seine Fragen. Franky N. wurde vom Gericht freigesprochen, und Duncan von seiner Mutter bestattet.

Ich legte das Buch beiseite und zog eines der Magazine quer über den Tisch, bis sein strahlendes Titelbild mir in die Augen sah. Nun fiel mir die gut retuschierte Narbe über Tims rechter Augenbraue auf. Es war die Narbe der Wunde, die Duncan O'Brian behandelt hatte. Nichts von der Fassade dieses cleanen, smarten Gesichts wies auch nur im Entferntesten darauf hin, daß sich so etwas wie Gefühle oder womöglich eine anrüchige Vergangenheit dahinter verbergen könnten. Er lächelte einem mit vollendeter Überzeugungskraft eine intakte Welt entgegen, die er selbst nicht gekannt hatte. Wer war dieser Mensch gewesen? Wie sah die andere, zweifellos entscheidendere Seite seiner Person aus, die jenseits seiner Käuflichkeit lag; die nichts zu tun hatte mit den Kompromissen des Lebens und der Notwendigkeit, von anderen körperlich begehrt zu werden? Ich mußte zugeben, daß er selbst als Toter die Gedanken des Betrachters auf sein Äußeres zog, wie konnte man da eine andere Reaktion von denen erwarten, die ihm bei lebendigem Leibe begegnet waren?

Und doch war ich mir sicher, nachdem ich die ersten Seiten seiner Aufzeichnungen gelesen hatte, daß der andere Teil, der ihn ausmachte, ein noch umfangreicherer, noch faszinierenderer war, als eine Holographie seiner optischen Reize.

Die Worte, die er gebrauchte, um die gravierendsten Erlebnisse seines Lebens niederzuschreiben, waren wohl gewählt und hatten offensichtlich den Zweck, ihm selbst, als einzigen vorgesehenen Leser, eine Geschichte zu erzählen, gerade so, als hätte sie ein anderer durchlebt. Das Erlebte wurde von allen Seiten durchleuchtet, und es war leicht zu erkennen, daß Wholestone weitaus mehr im Kopf hatte, als es für einen ehemaligen Stricher der Christopher-Street vonnöten gewesen wäre, um einen guten Umsatz zu erzielen. Es war kein regelrechtes Tagebuch, das er geschrieben hatte, sondern vielmehr eine ausführliche Berichterstattung über Stationen auf seinem Weg, die für ihn mehr oder weniger maßgeblich waren.

Mein Magen knurrte, und für den Bruchteil einer Sekunde erwog ich eine Frühstückspause einzulegen, bevor ich weiterlesen würde; aber die Neugierde auf Wholestones wahres Gesicht war größer als der Effekt, den das jämmerliche Knurren meiner Eingeweide bei mir erzielte, und so schlug ich die Seite auf, auf der ich aufgehört hatte zu lesen.

Duncans Tod brachte Tim aus dem Takt seines Ungleichgewichts. Er zog ziellos durch die subkulturellen Sümpfe der Charles-, Christopher- und Bleeckerstreets der Stadt, verbrachte Nächte im Washington Square Park auf regennassen Bänken und wartete darauf, daß ihm Duncan begegnete, um zu sagen, daß es ihm gut gehe und er erlöst wäre.

In einer dieser Nächte, Tim war wohl gerade eingenickt, setzte sich eine dunkle, bucklige Gestalt neben ihn. Von den Flüchen, die wohl eher auf das funktionsuntüchtige Feuerzeug als auf die Witterung bezogen waren, wurde Tim aus seinen düsteren Träumen in die nächtliche Wirklichkeit gerissen. Instinktiv ging er in Verteidigungsstellung - die Narbe über seinem Auge begann gerade zu verblassen.

Der Andere zuckte panisch zusammen durch Wholestones unerwartete plötzliche Lebendigkeit. »Hast du mich erschreckt, Mann.« »Dasselbe kann ich dir bestätigen ... Mann, was willst du von mir, ich hab' selbst keinen Penny.« »Was redest du da, Mann. Hab' mich doch nur auf dieselbe Bank gesetzt.« Tim nahm sein Gegenüber so scharf, wie es der Whiskyschleier vor seinen Augen zuließ, ins Visier. Der Buckel entpuppte sich als Army-Rucksack. Neben ihm saß ein kräftiger Typ, den er wohl, hätte er nicht nach Schweinestall gerochen und nicht den Sonntagsanzug eines Farmers getragen, für einen Bodybuilder aus der West-Rivel-Show gehalten hätte. Sein breites Kreuz drohte jede Sekunde das Samtjackett, das aus seiner Konfirmandenzeit stammen mußte, zu sprengen. Er hatte, soweit es die Dunkelheit und der Schleier erkennen ließen, Arme und Hände wie King-Kong. Sein Akzent war eindeutig südlicher Herkunft, und Tim hatte Probleme, dem Kauderwelsch seiner Worte so etwas wie eine menschliche Sprache zu entnehmen.

»Du bist nicht von hier, nein?« »Merkt man das? Stimmt aber, komme aus Troy, Alabama.« »Bringt man euch dort nicht immer noch bei, daß man sich mit einem gottverdammten Nigger nicht auf eine Parkbank setzt? Ich bin einer, falls Du kurzsichtig und nachtblind in einem sein solltest.«

»Erstens bist du kein Nigger, und zweitens haben wir nichts gegen die. Mein Vater hat selbst zwei auf seiner Farm.«

»Mein Gott, du bist nicht nur nicht von hier, du kommst aus einer anderen Zeit. Die Scheiße, die du gerade von dir gelassen hast, wird hier und heutzutage als schlechter Kalauer gehandelt, Junge.« »Was ist das ... ein Kalauer?« »Ist O.K., das soll heißen, du scheinst in Ordnung zu sein ... ein bißchen kurz im Kopf ... aber...«

»Denke nicht, daß du mich verscheißern kannst, Mann, bloß weil ich von da unten komme, ich bin nicht blöde. Ich merke genau, wenn ich verscheißert werde, Mann.«

Aus den Augen dieses etwas zurückgebliebenen, aber scheinbar wirklich gutmütigen Jungen flammte auf einmal etwas auf, dessen Leuchten sogar in der Finsternis zu erkennen war; er riß sie ehrlich empört auf und blickte Tim vorwurfsvoll an. »Ist ja gut ..., hast ja völlig recht, laß' dir nur nichts gefallen auf diesem Schlachtfeld ... und je weniger du kapierst, desto länger überlebst du. Du leidest bestimmt nicht drunter, daß Mama deinen Franky mitsamt seinem Kinderständer vor die Tür gesetzt hat. Dir geht es meistens gut ... Mann, oder ... Mann?«

»Ich weiß zwar nicht genau, was du meinst, aber im Moment geht es mir nicht so gut. Bin von zu Hause ausgebüchst. Selbst den Nig..., den Schwarzen ging es besser als mir. Hab' keine Ahnung, wie es weitergehen soll. Deshalb hab' ich mich hier zu dir gesetzt. Vielleicht kann der dir'n paar Tips geben, hab' ich mir gedacht. Du hast ja auch kein Dach über'm Kopf und so.«

Tim mußte lachen. »Heißt du zufällig Duncan?« Er guckte auf seine unbeholfene, getretene Art und man merkte, wie jede Antwort ein echter Entschluß war: »Nee, heiße Tim.«

Wholestone wurde von einer Kombination aus Lach- und Erstickungsanfall geschüttelt, aber um sein Gegenüber nicht auf seine Angriffslust zu prüfen, beruhigte er sich vorzeitig.

»Ist schon gut, Tim, ich will dich nicht verscheißern - wie es auch sei. Ich war unterwegs, um Duncan zu suchen und habe letztendlich mich selbst gefunden. Ich finde es stark, daß du abgehauen bis, Mann!« Die Wolken von Tims in Falten gelegter Stirn verzogen sich, und er schien beschlossen zu haben, daß Tim W. ein guter Nig..., Halbschwarzer war. Sein glückliches Grinsen entblößte zwei Reihen Zähne, die so gewaltig waren, wie sein vor Kraft berstender Nacken.

»Und wie heißt du, Mann?« »Auf die Gefahr hin, daß du denkst, ich wäre einfallslos und plappere dir alles nach ... mein Name ist Tim.« »Is' ja stark Mann, is' ja echt stark. Dieselbe Zeit, derselbe Ort, diesselbe Situation und derselbe Name. Wenn wir jetzt in Troy wären würden wir zu Smithys Bude gehen und einen drauf trinken.« Alabama-Tim schien sich gerade mitten in seiner Ausführung darüber klar zu werden, daß er mit Tim W. in Troy/Alabama niemals auch nur einen Fuß in Smithys Laden gesetzt hätte. Ehrlich und sachlich brach er somit seinen Satz unvollendet ab, wie er es jedesmal getan hatte, wenn ihm ein komplizierter Gedanke durch den Kopf geschossen war.

»Wenn wir schon nicht zu Smithys gehen könnten, ohne daß die Cowboys, die wahrscheinlich zu allem Überfluß auch noch deine Freunde sind, dir und mir den Garaus machen würden, so sind wir hier, Gott sei's gedankt, in einer relativ neutralen Rassenzone. Und so sehe ich mich imstande, dich zu mir einzuladen. Keine geweißelte Plantagen-Besitzer-Villa, aber genauso teuer.«

Man sah, wie es in seinem Kopf arbeitete. Tim war auf das Ergebnis dieses Aufwands gespannt. »Du meinst, du hast ein Zimmer?« »Klar habe ich ein Zimmer, was glaubst du, warum ich sonst hier draußen schlafe.« Tim wollte nicht abwarten, bis Tim II zu dem Schluß kam, daß er diesen Witz nicht verstanden hatte, und machte Anstalten zu gehen. »Hast du übrigens was dagegen, wenn ich dich der Einfachheit halber Tom nenne?« »Nöö, finde ich gut ... andere Stadt, anderer Namen.« Tom schien zufrieden über sein philosophisches Statement zu der kurzfristigen Umbenennung und trottete gut gelaunt neben Tim her. Er hatte nicht nur die Hände von King Kong, auch der Gang erinnerte an ihn.

Die Wohnung war nicht geheizt, und an den Scheiben rankten wunderschöne Eisblumen. Im Topf auf dem Gaskocher stand noch das Nasi-Goreng aus der Dose vom Vortag. Tom machte sich dankbar darüber her. Tim nahm an, daß ihn dieser Rest genauso sättigte wie eine Kaulquappe einen Bären. Dennoch schien Kong zufrieden nach dem spärlichen Büchsenfestmahl.

»Finde ich riesig. Gerade angekommen und schon 'nen echten Kumpel mit Bleibe und so.« So erfrischend und reizvoll Tim diesen Jungen auch fand, konnte er sich eines Unbehagens anhand des Wortes *Bleibe* nicht erwehren.

»Hör zu, Tom. Ich finde dich wirklich nett, und deshalb kannst du gerne ein, zwei Nächte hier schlafen, bis du etwas anderes gefunden hast.« Schon beim Beenden seines Satzes tat es ihm leid, ihn ausgesprochen zu haben. Die ganze Zuversicht und

Wonne schwand aus Toms Gesicht und wich einer enttäuschten, betretenen Miene.

»Is' echt nett von dir.« Das *Mann* fehlte und somit die ganze beschwingte Herzlichkeit. Wie konnte er das wieder gut machen? »Weißt du, wenn es länger dauert, bis du etwas gefunden hast, ist es auch nicht schlimm.«

Das Leben, die Sonne des noch nicht einmal dämmernden Tages kehrten zurück. »Das find' ich echt stark, du bist ein echter Kumpel, Mann.«

Tom nahm ein ausgiebiges Bad und planschte dabei im Wasser wie ein Grizzly beim Fischen. Zweifellos lag es nicht an seinen siebzehn Jahren, die ihn wie ein Baby im Bodybuilderkostüm erscheinen ließen, sondern an der Beschaffenheit seines Gemüts, das aus Landluft, Derbheit und der Selbstverständlichkeit des Kampfes um die bare Existenz hervorgegangen war. Sein Verstand schien alles auszusortieren, was nicht zur Notwendigkeit des Alltags und der schlichten Formulierung einfacher Bedürfnisse erforderlich war. Tim erinnerte sich in diesem Zusammenhang ganz spontan an die Stelle aus der Bergpredigt *Denn ihrer ist das Himmelreich*. Er befürchtete, daß er einen Tages die Bibel und ihre subtilen Intensionen und Andeutungen verstehen könnte, wenn er genügend Anschauungsmaterial in die Finger bekäme.

»Soll ich auf dem Boden schlafen?« »Wenn du keine Angst vor mir hast, kannst du gerne ins Bett kommen.« Tom lachte herzlich und offen. »Wieso sollte ich Angst haben, Mann? Du bist ja wohl kaum schwul, oder?« Er fand auch diesen Scherz sehr pointiert und hatte offensichtlich Schwierigkeiten, sich wieder einzukriegen. »Doch.« Stille. Tims Pointe saß offensichtlich noch besser. Toms glucksender Freudenausbruch stockte sofort. Mechanisch zog er seine Unterhose bis über den Nabel und stand da, wie Obelix, der sich von einem achtkantigen Hinkelstein bedroht fühlte. Der Gedankengang schien in diesem Falle sehr schnell abgeschlossen zu werden. Todesmutig stampfte Kong aufs Bett zu und wühlte sich unter die Decken. »Wenn schon; bist trotzdem 'n prima Kerl.« Das klang mehr nach Beschwörung, als nach Überzeugung. Tim mußte grinsen. Er knipste das Licht aus und zog sich das Kissen zurecht. Er hörte keinen Laut und fragte sich, ob Kong die Luft anhielt. Über diesem und anderen amüsanten Gedanken fielen ihm die Augen zu, und er schlief ein.

Tom lag noch eine Weile wach. Sein mutiger Entschluß, den Angriff als beste Verteidigung zu wählen, schien also richtig gewesen zu sein. Die Bedrohung atmete gleichmäßig und tief. Aber er nahm sich vor, lieber noch ein bißchen länger wachsam zu bleiben, man wußte ja nie. Auf alle Fälle hatte ihn sein Alter auch in diesem Punkt angelogen. Sein neuer schwuler Kumpel trug weder einen Rock noch Strapse. Die angeblichen rosa Pumps waren in Wirklichkeit derbe Westernboots, wie sie von vielen in Troy getragen wurden. Die Jeans, die Tim trug, war ja sogar noch zerfetzter als die von Old Dumpy. Von weibischen Bewegungen und Tönen in der Stimme war auch keine Spur. Es war einfach alles sehr verwirrend für ihn, und das viele Nachgrübeln strengte ihn so sehr an, daß er Sekunden später eingeschlafen war.

Tim wachte davon auf, daß sich in der Nacht ein Ofen in Form von Toms kolossalem Körper an seinem Rücken kuschelte. Er schien fest zu schlafen und grunzte zufrieden, als er seine endgültige Position eingenommen hatte. Die Wärme tat gut in dem eiskalten Raum, und so ignorierte er die Tatsache, daß Tom den Glauben an sich selbst verlieren würde, wenn er in dieser Haltung erwachte. Einverstanden mit dieser unerwartet angenehmen Klimaverbesserung verlor er sich erneut in den diffusen Träumen dieser Nacht.

Tim kam erst spät am Abend zurück. Er hatte zwei Kunden auf der anderen Seite der Stadt besucht, die er beide im Gelee Royal aufgetan hatte. Sie waren äußerst anspruchslos und bezahlten gut. Während sich die Subway wie ein Pfeil durch die Stadt bohrte, fragte er sich, ob Tom-Kong noch im Appartement oder bereits mit all seinen Habseligkeiten über alle Berge verschwunden war. Da er zu dem Schluß kam, daß Zweiteres der Fall sein würde und er wieder Monate brauchte, um sich einen neuen Fernseher und Radiowecker zu kaufen, schwor er sich, nie mehr Heilsarmee zu spielen. Um so überraschter war er, als ihm Prince beim Eintreten versicherte: *"You don't need to be rich"* »Hey Mann, wo bist du gewesen? Ich hab' den ganzen Tag auf dich gewartet.« »Hallo Tom, schön, daß die Sachen ... eh, schön, daß du noch da bist. Wollte dich heute morgen nicht wecken und mußte dringend ein paar Dinge erledigen.« »Am Sonntag Dinge erledigen? Du kannst mir ruhig sagen, wenn du bei deinem Typ warst. Ich habe darüber nachgedacht und finde es ganz O.K.« »Ich habe keinen Typen! Auch sonntags gibt es Angelegenheiten, die besorgt werden müssen.« »Wenn du keine Freund hast, mit wem treibst du es dann?« Die Frage war klar und sachlich gestellt. »Kommt ganz darauf an, Tommy. Mit wem hast du es denn so in Troy/Alabama getrieben?« »O.K., ich sehe ein, daß die Frage dumm war, aber ich habe gar keine Ahnung von euch Schwulen. Was ihr so macht, mit wem und vor allem wie? Stimmt es, daß ihr euch in den Arsch fickt?« »Es gibt genausoviele Schwule, die Analverkehr lieben, wie Heteros, die hinter vorgezogenen Vorhängen ihren Freundinnen den Hintern bearbeiten.« »Hm, stimmt .. Rob' von der Tankstelle erzählte uns auch immer, wie seine Mädchen darauf abfahren. Ich hab' heute morgen übrigens auch einen Ständer gehabt, als du deinen Arsch an mich dran geschoben hast.«

Es war bemerkenswert, wie sachlich und unkompliziert Tom-Kong eins und eins zusammenzählte und einem das Ergebnis dieser Addition um die Ohren schlug. Tim hielt es für kleinlich, den Sachverhalt, wer an wen herangerückt war, klarzustellen und freute sich darüber, daß ein freundliches Wesen ihn so sehnlich zu Hause (wenn man das Rattenloch so nennen konnte) erwartet hatte.

»Ja, ich hab's gespürt. Zuerst dachte ich, ich hätte den Bullworker im Bett vergessen, aber dann war mir klar, daß es dein Schwanz sein mußte, der mir ins Kreuz drückte.«

Kong lachte so schallend, daß Tim befürchtete, es könnte in Frisco zu einem erneuten Beben kommen. »Das ist gut, Mann. Das mit dem Bullworker ist echt gut. Findest Du wirklich, daß ich einen Großen habe?« Die Paarung von Stolz und Erwartung in seinen Augen hatte ihren ganz eigenen, undefinierbaren Reiz.

»Anhand der Tatsache, daß mich das Ding von den Pobacken bis zu den Nieren folterte, wage ich mir seine Ausmaße gar nicht vorzustellen.« Tom strahlte übers ganze Gesicht. »Die Jungens in der Scheune haben auch alle gesagt, daß sie so einen noch nicht gesehen hätten. Wir haben damals alle unsere Schwänze gemessen. Ich weiß nicht mehr, wie lang meiner war, aber er war der Längste. Willst du ihn mal sehen?« »Hey, Tommy, wir

sind nicht in der Scheune und ein Schwuler wird geil von dem, was du hier bringst, also laß uns das Thema wechseln. O.K.?«
»Heißt das, daß du auf einen wie mich scharf sein könntest?«
»Das heißt, ich bin es schon und habe keine Lust es zu sein.«
»Warum nicht?« »Erstens, weil ich kaum eine Chance hätte, einen Faustschlag von dir zu überleben, und zweitens, weil ich mit meinen Säf..., eh Kräften haushalten muß.« »Ich hör' schon auf, aber soviel steht fest. Niemals habe ich einen Kumpel von mir verhau'n, das mußt du mir glauben.«

Tim war verwirrt. Er wußte nicht, was Kong mit alldem bezwecken oder sagen wollte. Verbarg sich dahinter ein Angebot, der Wunsch nach Anworten auf Fragen, die ihm seine Neugier diktierte, oder stocherte er mit seiner Naivität völlig unbewußt in dem Wespennest, das jede Sekunde auszubrechen und ihn zu attackieren bereit war?

Der Rest des Abends war mit einer verbalen Diashow von Troy/Alabama ausgefüllt. Tom erzählte mit leidenschaftlicher Zu- und Abneigung über sein Leben auf der kleinen Farm seines alkoholkranken Vaters. Es war kein uninteressanter Lebensbericht. Er brachte Tim zu dem Schluß, daß er sich nie wieder abfällig über sein vermeintlich beschissenes Leben äußern würde.

»Du scheinst müde zu sein, Tim - sollen wir schlafen gehen?«
»Das ist eine gute Idee. Du mußt mir aber morgen zu Ende erzählen, was aus Howy und der bellenden Kuh geworden ist.«
Tim zog sich, wie er es immer getan hatte, seit er nicht mehr bei seinen Eltern wohnte, nackt aus und schlüpfte unter die Decke. Es war ihm nicht aufgefallen, daß Tom ihn sehr aufmerksam dabei beobachtet hatte. Fast erschrocken stellte er fest, daß nicht Obelix vor ihm stand, sondern ein nackter Farmerjunge,

dessen körperliche Ausmaße im allgemeinen und vor allem im speziellen von beängstigender Größe waren.

»Machst du mir Platz?« »Sofern es auf diesem Planeten genügend Platz gibt für das, was meine entzündeten Augen wahrnehmen.« Es war Tom, der das Licht ausknipste. »Gute Nacht, Tim.« »Du hast Nerven, Mann, gute Nacht.«

Alabama-Kong drückte sich an den ihm entgegengestreckten Rücken und legte ungeniert und so, als wäre es das Selbstverständlichste auf der Welt, seine muskulösen Arme um das Objekt seiner undurchsichtigen Ambitionen. Mit einer abrupten Bewegung befreite sich Tim aus seiner Marterpfahlsituation. »Hör' zu, Tom, so geht das nicht. Was willst du eigentlich?«

»Du weißt sehr gut, was ich will, oder?« Die Weichheit, die er in seine Stimme legte, paßte nicht zu dem großen, grobschlächtigen Jungen, den Tim irgendwo auf der anderen Hälfte des Bettes wußte. Und doch hatte sie etwas Herzerweichendes. »Aber wenn du geil bist ... die Stadt ist voll von Mädchen, die auf ein Engagement in Hollywood verzichten würden, wenn du sie dafür eine Nacht lang mit deinem Riesen spielen ließest.«

»Ich bin aber hier bei dir. Du warst der erste Mensch, der mit mir gesprochen hat in dieser Stadt. Du hast mich bei dir wohnen lassen, obwohl du nicht wußtest, ob ich dir bei erster Gelegenheit die Bude ausräume. Du hast mir auch ganz offen und ehrlich gezeigt, daß du mich zwar für'n bißchen hohl im Kopf, aber auch nett hältst. Du bist ein toller Typ und nicht so, wie der Alte es mir mal erzählt hat. Ich habe mehr Lust auf dich gehabt, wie ich so bei dir lag, als jemals zuvor auf irgendein Mädchen. Deshalb will ich auch wissen, wie das ist ... und ... wenn es doch nichts für mich ist, macht es nichts, weil du mich deshalb niemals aufziehen würdest ..., weil du eben in Ordnung bist.«

Tim wußte nicht, was ihn mehr verblüffte: die schlagende Klarheit der Argumente oder die Tatsache, daß Tom mehr als fünf Sätze hintereinander gesprochen hatte, ohne ein einziges Mal seinen Wortschlüssel *Mann* zu gebrauchen oder den Gedankengang mangels Masse abzubrechen.

Der Widersinn der Situation, daß Tim gegen eine Sache ankämpfte, die er an jedem anderen Platz außerhalb dieser vier Wände mit jedem anderen Typen durch einen Quicky beendet hätte, raubte ihm seine Beherrschung.

»Du willst also nicht in die Stadt gehen und dir eine Braut aufreißen, du willst statt dessen - verstehe ich dich richtig - daß ich aus dir ein Mädchen mache, daß ich dir deinen gottverdammten, sturen Arsch durchficke, bis du nicht mehr gehen kannst? Willst du das?« Schweigen. »Du sagst gar nichts, hast du vielleicht deine Tage? Deshalb brauchst du dich nicht zu sorgen. Das macht mir nichts aus.« »Ich dachte, es müßte nicht immer das sein, ich dachte, ihr würdet vielleicht auch andere Sachen ...« »Oh nein! Du dachtest genau das, Mann und du dachtest, ich würde für dich Mary-Lou oder Mary-Ann spielen. Da hast du dich aber getäuscht, mein kleiner Farmer-Liebling, denn dein Vater hat dir tatsächlich einen Haufen Scheiße erzählt. Ich habe meinen schwarzen Arsch noch nie irgendjemandem entgegengestreckt, und das gedenke ich auch weiterhin nicht zu tun.«

»Du hast recht. Ich habe mir heute einen runtergeholt und dabei vorgestellt, dich zu bumsen. Aber wenn du es anders herum willst, sag' mir, was ich machen muß.«

Tim war am Ende. Er war sich nicht darüber im klaren, ob er Tom lieber verprügeln oder in die Arme nehmen sollte. Die Entscheidung wurde ihm abgenommen. Küsse, deren Zärtlichkeit er jedem Farmer kategorisch abgesprochen hatte, bedeckten seine Brust. »Bitte sag' es mir.« Alle Schranken waren beseitigt, und Tims Erektion wuchs gegen Toms Körper; der stöhnte auf, als er spürte, daß seine Wünsche den Widerstand gebrochen hatten. So, als hätte er sein Leben lang nichts anderes getan, suchte sein Mund den stärksten Verbündeten seiner Sache. Er betastete ihn behutsam mit seinen Lippen, bevor er ihn gierig verschlang. Nichts um ihn herum schien mehr zu existieren. Diesem Stück Körper widmete er sich, wie ein Kind dem langersehnten Spielzeug, das es unter dem Weihnachtsbaum findet. Tim hob das Bein des anderen über seinen Kopf und hatte so die Perspektive eines Thermometers. Zielstrebig züngelte er sich zum wärmsten Punkt des gegen ihn knieenden Körpers. Als er ihn erreicht hatte, erforschte er die vor ihm liegende Öffnung. Sie war weich und entspannt, so daß ein leicht verstärkter Druck den Finger mühelos eindringen ließ. Der Laut, den Tom von sich gab, war ein lustvolles Wimmern. Er warf sich fordernd gegen die Hand, die in ihn deutete. Tim zog sie zurück und drehte ihn unsanft auf den Rücken. Der gegen Toms Mitte gerichtete Stoß verfehlte sein Ziel nicht. Er verlor sich in der feuchten, warmen Unschuld Alabamas, das sich Entsetzen und Rausch aus dem Halse schrie. Die Beben fanden zur gleichen Zeit statt und ebbten nur langsam ab.

»Timmy, das war das Irrste, das ich je erlebt habe, Mann, es war wunderschön.« »Du kannst mir glauben oder nicht. Ich kann nicht mehr zählen, wie oft ich es mit wem getrieben habe, aber so etwas wie eben habe ich bislang nichtmal mit Poppers erreicht.« »Wer ist Poppers?« »Poppers ist etwas, das Leute brauchen, wenn sie so jemanden wie dich nicht haben und sich trotzdem vorstellen wollen, daß sie es mit dir treiben.« »Kapier' ich nich'« »Es war wirklich irre, Tommy.« »Meinst du das so, wie du es sagst?« »Es war das Schönste für mich!« Sie nahmen sich in die Arme und streichelten sich in den Schlaf, der tief und glücklich war.

»Was machst du da?« »Ich habe dir beim Schlafen zugesehen.« »Und was versprichst du dir von dieser Studie?« »Das ist das erste Mal, daß ich neben jemandem aufgewacht bin, mit dem ich geschlafen habe. Es ist ein tolles Gefühl.« »Ach, du meine Güte, Lovestory, drittes Kapitel, denn selbst im Schlaf bist du schön.« »Genau das wollte ich sagen, Mann, nur hab' ich gedacht, es klingt vielleicht kitschig.« »Und genau das wollte ich damit sagen. Es ist kitschig und paßt weder zu dir noch zu mir.« Tim war mit einem Schlag hellwach, und so etwas wie Panik machte sich in ihm breit. Er hatte das dringende Bedürfnis, sich ihrer zu entledigen. »Hör' zu, Tom. Ich habe meine große vor Schmalz und Gefühlen triefende Liebesgeschichte bereits hinter mir und gedenke, sie nie wieder in dieser absurden Form zu wiederholen ... und du, du hast sie noch vor dir, und das ganz bestimmt nicht mit mir oder irgend einer anderen Tunte. Zugegeben, wir haben gestern Nacht eine erstklassige Nummer geschoben, aber das wars dann auch. Das ist kein Grund, mich mit dem verliebten Blick einer Zweitklässlerin beim Schlaf zu observieren. Was bist du überhaupt für ein Typ. Vorgestern wußtest du noch nichtmal, ob das Wort schwul der Name eines Gerichts ist, und heute benimmst du dich wie ein kleines Mädchen, das entdeckt hat, daß ihre Brüste wachsen.«

Tom stand wortlos auf, zog sich an und ging zur Tür. »Ich habe dir geglaubt, als du sagtest, es sei das Schönste für dich gewesen.« Das schlimmste war, daß er die Tür nicht mal zuwarf. Er zog sie langsam und leise ins Schloß. Die Wohnung war leer, ausgebrannt, und Tims Pulsschlag dröhnte ihm in den Ohren wie Schritte in einer hallenden Leichenkammer. Was hatte er getan? Es war nicht Toms Schuld, daß ihn jedesmal, wenn er Gefühle in sich aufsteigen fühlte - gleich welcher Art - Panik ergriff, und er die zwanghafte Notwendigkeit verspürte, um sich zu schlagen, damit sie nicht größer werden und ihn vielleicht eines Tages auffressen würden. Er wollte so etwas wie mit Mike nie mehr erleben. Fast hätte ihn diese Beziehung den Verstand, wenn nicht sogar das Leben gekostet. Er wußte, daß er nicht mehr die Kraft hatte, das gleiche ein zweites Mal durchzustehen. Und dennoch war seine äußerst grobe *Mach-die-Augen-auf - Inszenierung* nicht nur zu seinem eigenen Schutz aus ihm hervorgebrochen. Er fühlte sich nicht imstande, die Verantwortung für das zu übernehmen, was er für Tom zu werden drohte. Er hatte nicht mehr genügend Illusionen, um an einen Sieg der Liebe über die Brutalität des Lebens zu glauben. "Stricher heiratet Farmerjungen; mit der Naivität des Einen und der Unvernunft des Anderen rührten sie New York zu Tränen und brachten den Hudson dazu, in die entgegengesetzte Richtung zu fließen. Arm wurde reich, schwarz wurde weiß, und alle lebten unbehelligt glücklich und tanzten den Tango bis ans Ende der Party ihres Lebens."

Das war kein guter Anfang eines Tages, der ohnedies unter dem Vorzeichen stand, ein beschissener zu werden. Montags war nämlich der Tag, an dem er von 12 bis 16 Uhr dem alten Hooker Modell stand und von 18 bis 20 Uhr als Zuschauer und

Gast bei Adams engagiert war. Hooker war ein völlig entgleister Antikünstler, von der Sorte, die als einzige ihr eigenes Genie erkannt haben. Mit akribischer Kleinlichkeit bemalte er Tims Körper mit wasserlöslicher Farbe. Die so entstandenen Formen und Gebilde, die, wenn sie trockneten, einen ekelhaften Juckreiz auslösten, konnten weder von sich behaupten, in irgendeiner Weise originell zu sein geschweige denn sinnvoll oder kreativ. Selbst ein Betrachter mit auserlesenem Verständnis und Hang zum Abstrakten hätte Hookers irrsinnigen Pinselstrichen nichts Künstlerisches abgewinnen können. Aber es kam ihm ja auch nicht so sehr auf die Entstehung und Fertigstellung seines Kunstwerks als auf dessen Zerstörung an. Der Höhepunkt dieses kolossalen Farb-Happenings bestand darin, daß Tim sich mit der ganzen auf ihn gepinselten Pracht in der gefüllten Badewanne versenken mußte und sich von einem dramatisch schluchzenden Hooker das Rot, Gelb, Grün, Violett und Blau vom Körper seifen lassen mußte.

Bei diesem Ritual durfte er nicht sprechen und sollte nach Möglichkeit mit dem traurig leeren Blick der Mona Lisa an die Decke des modrigen Badezimmers sehen. Vom Ausdruck seines Blickes hing es ab, ob er fünfzig oder sechzig Dollar bekam für seine Waschung.

Tim wußte nicht, ob ihm der darauffolgende Termin bei Adams angenehmer oder unangenehmer sein sollte. Angenehmer bestimmt, was das Vorspiel anbelangte, unangenehmer mit Sicherheit, was die Zeit zwischen 19.30 und 20 Uhr anbelangte.

Punkt 18 Uhr mußte er bei Adams klingeln. Kam er zehn Minuten später, wurde ihm die Tür nicht mehr geöffnet. Adams trat ihm immer feierlich entgegen. Er bewohnte eine imposante Jugendstilvilla am Rande der Stadt. In der Vorhalle nahm er ihm seine Jeansjacke ab und verwahrte sie als handle es sich dabei um einen kostbaren Pelz. Dann führte er ihn in die Bibliothek, wo sie einen Drink zu sich nahmen. Adams beteuerte, daß er sich völlig geändert hätte und so etwas wie das letzte Mal nie wieder vorkäme. Das war Tims Stichwort, auf das er antworten mußte: »Das will ich auch schwer hoffen, Mr. Adams, andernfalls könnte ich unsere Freundschaft auch nicht mehr aufrechterhalten.« Dann folgten kurze Diskussionen über Politik, Wirtschaft und Soziales, worauf sich Tim beim montäglichen Zeitungslesen immer besonders gründlich vorbereitete. So konnte der Rahmen für einen gesellschaftsfähigen und in seiner Oberflächlichkeit unantastbaren Smalltalk geschaffen werden. Tims Rolle war abwechselnd die des Richters Mc.Farlow, des Vizekonsuls DeClark oder die des Professors D.A. Becker. Nach genauen Anweisungen und mit der Übung, die die Zeit mit sich brachte, wußte er sehr genau, wie er den Typus des jeweiligen Herren in Rede und Gestik zu verkörpern hatte. Alle drei existierten tatsächlich und zählten wohl auch zu Adams honorigem Freundeskreis. Eine Eigenschaft schien ihnen allen gleichermaßen eigen zu sein, nämlich eine zwanghafte Korrektheit und die unüberwindbare Verbundenheit mit jedweder Form gesellschaftlicher Etikette.

Hardy, der an diesen Abenden der einzige des Personals war, der sich noch im Hause aufhielt, verkörperte Koch und Kellner in einer Person. Er öffnete exakt um 18.30 Uhr die große Flügeltür zwischen Bibliothek und Speisezimmer, um zu verkünden, daß angerichtet sei. Woraufhin Adams und der Richter (oder der Vize oder der Professor) an die große Tafel traten. Niemals hatte es etwas Gewöhnliches gegeben, und nicht nur beim Hummer mußte Hardy dem Gast zwischen den Gängen unauffällige Tips geben, mit welchem Instrument er welche eingeflogene Köstlichkeit zu tranchieren hatte. Tim war stolz, nach anfänglichen Verzweiflungsanfällen bald ein Spezialist auf dem kulinarischen Operationstisch geworden zu sein. Wenn er zielstrebig mit sicherer Hand nach dem richtigen der vier Gläser oder den Zangen, Schaufeln und Messern des vergoldeten Besteckes griff, erntete er wohlwollendes Kopfnicken des immer wachsamen Hardy. Dieser durfte sich nach Dessert und Kaffee zurückziehen. An dieser Stelle des Rituals war es prinzipiell 19.26 Uhr. Es war Tim gänzlich unbegreiflich, wie sich ein Timing, unabhängig von der Art des Gerichtes und der Anzahl der Teller und Bestecke, die dafür gereicht und wieder abgeräumt werden mußten, mit derartiger Präzision einhalten ließ. Nun dauerte es noch vier weitere Minuten bis sich der peinliche Schlußakt vollzog.

Um 19.30 Uhr begann Adams zu stöhnen. »Ist Ihnen nicht wohl, verehrtester Freund?« Der Richter stellte diese Frage immer leidenschaftlicher als der Professor. »Doch, mein Teuerster, mir war noch nie so wohl zumute, wie in diesem Moment.« Mit diesen Worten erhob sich Adams, rülpste laut, entledigte sich seiner Hose und hockte sich in die Mitte des Zimmers.

»Was, um Gottes Willen, soll das darstellen, Adams, haben Sie den Verstand verloren?« »Nein, Sie ignorantes Arschloch, aber ich muß scheißen ... und das tu' ich jetzt.« Während er seine Ankündigung genüßlich in die Tat umsetzte, überlegte Tim immer wieder, wer wohl die montägliche Sauerei beseitigen mußte, oder ob Adams das Zeremoniell fortführte, wenn er längst das Haus verlassen hatte.

Nun war es wieder seine Aufgabe zu reagieren. Mit perfektem und wenig gekünsteltem Entsetzen stand Tim bzw. der Richter auf und schoß auf Adams zu, um ihn mehrfach hintereinander heftig zu ohrfeigen. »Sie sind ein pervertiertes Schwein, völlig von Sinnen, suchen Sie sich einen guten Psychiater und vor allem einen neuen Freund. Ich betrete dieses Irrenhaus nie wieder.«

Tim mußte seine im Foyer bereitliegende Jacke und den auf der Ablage plazierten Schein mit sicherem Griff an sich nehmen, damit sein empörter Abgang nicht unterbrochen wurde und an Effekt verlor.

Das lange Stillstehen bei Hooker, das heiße Bad danach, die anschließende Hetzjagd quer durch die versmogte Stadt, um rechtzeitig bei Adams klingeln zu können, das opulente Mahl, das leider nur die Ouvertüre für das beschissenste Spiel der Welt war, die irre Fratze der montäglichen Tortur lähmten ihn am ganzen Körper. Abgespannt und entnervt trieb es ihn danach immer in sein Bett, wo er sich kurz vorm Einschlafen die letzten getrockneten Farbkrusten, die Hooker übersehen hatte, aus der Ohrmuschel kratzte.

Heute konnte er das alles nicht über sich ergehen lassen - auf keinen Fall. Er würde Hooker in der Wanne ertränken und Adams seinen Scheiß' fressen lassen.

Wo war Tom nur hingegangen? Er wollte den Hörer schon wieder auflegen, als Hookers verklärte Stimme endlich antwortete. »Hallo, Maestro, leider habe ich einen Hautausschlag von einer neuen Creme. Ich werde heute wohl nicht kommen können.« Er bedauerte zutiefst und wünschte aufrichtig und inständig gute Besserung. »Ja ich bin's, Mr. Adams. Ich soll Ihnen vom Professor ausrichten, daß er einen wichtigen Vortrag halten muß, den er auf gar keinen Fall verschieben kann. Er hofft, daß Sie nicht allzu ungehalten sind.« »Das tut mir in der Tat außerordentlich leid, richten Sie dem Professor aus, daß ich selbstverständlich dafür Verständnis habe. Nächsten Montag kann er allerdings nicht kommen, da habe ich nämlich schon Richter Mc.Farlow zu Gast. Wir werden einfach telefonieren.«

Das war geregelt - zwar nicht zu Gunsten des Budgets, aber immerhin zur Zufriedenheit der Geprellten. Wo zum Teufel war Tom? Er hatte keine Schlüssel, sein Gepäck, seine Papiere und vor allem sein Portemonnaie waren noch hier. Es konnte sich nur um Stunden handeln, bis er wiederkommen würde.

Als es bereits dunkel geworden war und Tom noch immer nichts von sich hatte hören lassen, beschlich Tim ein ungutes Gefühl.

Er heftete einen Zettel an die Tür und machte sich auf den Weg. Nachdem er planlos alle Straßen durchkämmt und keine Spur gefunden hatte, lief er zum Park. Von weitem sah er die zusammengekauerte Gestalt auf der Bank. »Ich habe dich überall gesucht - habe mir Sorgen um dich gemacht. Hey, ich spreche mit dir.« Von dem kleinen Schlag an die Schulter in Bewegung versetzt, verlor der leblose Körper das Gleichgewicht und fiel vornüber. Tim fuhr zusammen, als er Toms angstvoll aufgerissene Augen matt ins Nichts starren sah. Jede Hilfe kam zu spät, und der Arzt des Unfallwagens konnte nur noch den Tod feststellen.

Die Polizei bedrängte Tim mit peinlichen Fragen, war aber aufgrund der Tatsache, daß er den Rettungswagen gerufen hatte, gewillt, seinen Aussagen Glauben zu schenken. Tom wurde ungefähr eine Stunde, bevor Tim ihn gefunden hatte, von zwei Jugendlichen, die man am nächsten Tag bei einem anderen bewaffneten Raubüberfall festnahm, erstochen. Sie sagten aus, daß sie ihn nicht abgestochen hätten, wenn er sich nicht gewehrt hätte und so kräftig gewesen wäre. »Dabei hatte der Blödmann nicht mal einen Penny bei sich.«

Tims Tabletten- und Alkoholkonsum verzehnfachte sich. Es war ihm jedes Mittel recht, um seine immer wiederkehrenden Nacht- und Tagträume abzuschütteln. Er suggerierte sich so lange die Illusion von Gefühllosigkeit, bis sein von Hochprozentigem gelähmter Körper und sein von Tranquilizern betäubter Verstand daran zu glauben begannen. Trotz seines unwirklichen, ständigen Dämmerzustandes kam er den Terminen in seinem Kalender mit der Zuverlässigkeit und dem Engagement einer Maschine nach. Die Kunden schienen in seinem depressivapathischen Zustand einen neuen, abwechslungsreichen Reiz zu entdecken. Er bot ihnen eine einfachere und fast romantische Möglichkeit, ihn anzuquatschen. »Warum schaust du denn so traurig, Kleiner?« Der Mixer vom Chez Nous nannte ihn neckend Bette Davis, und sein eigenes Spiegelbild sah einfach weg, wenn sich ihre Blicke in einem verschreckten Moment aus Versehen begegneten. Hatte sich Tim früher öfter einmal auf außergeschäftliche Kontakte eingelassen, so hielt er sich nun nur noch an Plätzen auf, von denen er wußte, daß hier das Interesse ausschließlich auf seinen Körper und dessen käufliche Erwerblichkeit gerichtet war. An Tagen, an denen er das Vergangene nichteinmal in einer Flasche Whisky ertränken konnte, an denen er Toms letzten Satz immer wieder hörte und das letzte Bild von ihm immer wieder sah, an Tagen, an denen er sich besonders haßte, hatte er eine ganz besondere Strategie entwickelt, um sich zu quälen und zu bestrafen. Er suchte sich unter den potentiellen Freiern die abstoßendsten aus und beglückte sie angeekelt mit seinen Diensten. Männer, die mit südlichem Slang sprachen, trieben ihn in die Flucht, gutgebaute Jungs, die an Farmer erinnerten, wunderten sich über seine abweisende Haltung; sie waren das Gegenteil gewohnt.

Er war zu betrunken, um sich abzuwenden, als eines abends ein smarter, fürs Hot Dog eindeutig zu gut angezogener Typ neben ihm Platz nahm.

»Wenn ich deine Mengen an Whisky getrunken hätte, wäre ich schon vor einer Stunde vom Hocker gefallen.« »Ach nein, tu's doch einfach trotzdem.« »Wie ich sehe, freust du dich, daß ich mich zu dir gesetzt habe, mein Name ist übrigens Glenn.« »Schön für dich, Miller, ich dachte, du wärst in Paris, oder war das Gershwin?« »Sehr witzig, aber immerhin zeigt es, daß der Anteil deines Verstandes, den du noch hast, größer zu sein scheint als der Teil, den du unweigerlich schon versoffen hast.«

»Hey, Timmy - der Drink ist von dem Affen da drüben.« »Danke, Ron.«

»Also Timmy ist dein Name. Willst du dich nicht bei dem Monster bedanken, das dir den Drink spendiert hat?« »Nein. Er geilt sich daran auf, daß ich ihn ignoriere; außer ein paar Drinks, die er springen läßt, will er nichts investieren, wofür sollte ich mich also bedanken?« »Du läßt dich bez..., bist du ein ..., ich meine ...« »Ach du meine Güte. Ja, ich laß mich bez... und bin ein ... . Und woher hast du deinen piekfeinen Anzug? Du bist deinem Dad dafür in den Arsch gekrochen, stimmts? Ich hab' mir von deinem Dad nur einen blasen lassen. Wer von uns beiden war also tiefer drin, he? Und nun sei ein braver Junge und mach deinen Platz frei. Du versaust mir meinen ganzen

Schlußverkauf.« Glenn bezahlte und verließ das Hot Dog. Nachdem Tim sicher war, daß er ihm nicht mehr in die Arme laufen würde, folgte er seinem Beispiel.

»Ich wußte, daß du auch gehen würdest.« »Und ich wußte nicht, daß du hier draußen auf Safari gehst, Anzug, sonst wäre ich nämlich nicht gegangen.« Die frische Luft traf ihn wie ein Faustschlag mitten ins Gesicht. Er schwankte stark. Glenn fing ihn auf. »Mannomann - vielleicht hätte ich das letzte Glas doch nicht trinken dürfen.« »Macht nichts, ich bin ja da und kann dich nach Hause begleiten.« »Das hat schon einmal einer in ähnlicher Situation getan. Er wurde kurze Zeit darauf von seinem Schulfreund totgeschlagen. Und wenn du denkst, das sei der einzige gewesen, dessen Grab den Weg zu mir weist, dann hast du deine Rechnung ohne Tommy gemacht. Ich bin, mußt du wissen, das personifizierte Unheil! Und jetzt, wo du Bescheid weißt, geh' mir bitte aus dem Licht. Ich erkenne die Straße auch so schlecht genug.«

»Ich werde dich nach Hause bringen, ob's dir paßt oder nicht.« Tim widersprach nicht, denn er hatte bei jedem Wort, das er sprach, das Gefühl, sich übergeben zu müssen. Außerdem vermutete er, daß er einige Schritte später ohnehin auf fremde Hilfe angewiesen wäre. Warum also nicht dieser hier?

Die Nacht war angenehm kühl und dunkel. Anhand der Tatsache, daß nur noch Betrunkene und ausrangierte Prostituierte auf der Straße waren, erkannte Tim, daß er sich im Limit seiner Zeit und vor allem in seinem Viertel befand.

»Es geht mir schon viel besser, Anzug, und das letzte Stück kann ich auch alleine gehen. Ich bedanke mich sogar dafür, daß du den Blindenhund gespielt hast. Daß du genau wußtest, in welches versiffte Eck' dieser Stadt der unbegrenzten Möglichkeiten ich gehöre, nehme ich dir auch nicht weiter krumm. Also dann, Ciao.«

»Wenn du mir einen großen Gefallen tun möchtest, dann könntest du mir noch eine Ta...« »Weit gefehlt, ich wollte dir keinen Gefallen tun, weder klein noch groß, und einen englischen Tee habe ich auch nicht.« »Es verlangt mich eigentlich auch viel mehr nach einem amerikanischen Kaffee, denn ich bin ziemlich erledigt und habe noch ein ganzes Stück Weg vor mir.« »Was soll's. Wenn du schon meine Fahne ertragen hast, dann überlebst du auch die Kakerlaken und Wanzenbisse, vielleicht sogar meinen Kaffee. Na dann los, besuchen wir New Yorks erste Adresse. Das exclusivste Etablissement, das ein Anzug jemals gesehen hat. Aber das eine sage ich dir, wenn du auf meine Persianer scheißt, sag' ich's dem Richter.«

Die Morgensonne brannte Tim mitten ins Gesicht und ergänzte so vortrefflich seinen Traum vom Verdursten in der Sahara. Er schleppte sich vom Bett an den Minikühlschrank, der seit seinem Einzug noch nie funktioniert hatte. Beim Öffnen der Tür entwich ihm der bestialische Gestank von verdorbenem Fleisch. Nach einem wuchtigen Schlag und von einem Fluch begleitet schnappte die Quelle der Fäulnis wieder zu. Mit einem Leuchten in den Augen nahm er die halbvolle, zwei Tage alte Coke auf dem Tisch wahr. Gierig machte er sich darüber her.

»Kann ich auch was davon haben?« Tim verschluckte sich so sehr, daß er fast erstickte. »Was machst du denn noch hier?« »Nachdem du beim Betreten deiner Burg kollabiert bist, was ich ehrlich gesagt gut verstehen kann, und es schon sehr spät war, habe ich mich selbst überredet und zum Bleiben eingeladen. Das hättest du doch bestimmt auch getan, oder?« »Ein weiterer schwerer Irrtum, Mister. Was hast du mit mir gemacht?« »Ich habe dich ausgezogen und ins Bett gebracht ... weiter nichts ... wenn mir die Bemerkung gestattet sei ... zu mehr wärst du auch nicht fähig gewesen. Und das, was ich ansonsten noch hätte tun können, wäre auf Leichenschändung hinausgelaufen, denn zu diesem Zeitpunkt warst du praktisch tot.« »Na schön, ich glaube dir. Und jetzt wünsche ich dir noch einen netten Tag. Leb' wohl.« »Du hast mir gestern keinen Kaffee mehr gemacht, das war versprochen.« Mürrisch und schlaftrunken setzte Tim Wasser auf. Es war ihm gänzlich unbegreiflich, wie ihn fünf schwarze Hütchen und acht Whiskys mit Eis derart schachmatt setzen konnten, daß er einen Fremden mit aufs Zimmer genommen hatte ... noch dazu einen, der von der besonders schlauen Sorte war, die er ansonsten erfolgreich umging. Er lehnte sie aus mehreren Gründen ab. Die entscheidenden waren, daß sie in der Regel im Geld schwammen und genau deshalb schon gar nicht bezahlten. Ein weiterer Faktor war, daß diese Leute ihn seine Situation immer als besonders belastend und asozial empfinden ließen. Kurze Zeit, nachdem er mit ihnen Kontakt aufgenommen hatte, begann er sich selbst und sein Leben zu hassen.

»Ich habe heute frei und würde gerne etwas mit dir unternehmen, worauf hättest du Lust?« »Das trifft sich ja gut, ich habe heute nicht frei und auch keine Lust auf eine gemeinsame Aktion.« »Na gut, dann treffen wir uns eben abends zum Ausgehen.«

Das war vielleicht der wichtigste Grund, diese Sorte zu meiden: Ihr Selbstbewußtsein hatte etwas Unumstößliches, das einen an die Rocky-Mountains erinnerte. Abfuhren und Antipathiekundgebungen schienen die beste Nahrung für ihre Motivation zu sein. »Aber heute abend bestimme ich, wohin wir gehen.« Tim mußte lachen. Mit großer Geschicklichkeit, die er wohl in Harvard oder Cambridge gelernt hatte, wußte Anzug diese kurze resignative Geste zu nutzen und zu einem Eins zu Null zu verwandeln. »Wenn es um 20 Uhr dreimal klingelt, bin ich das. Bitte eile dich dann mit dem Runterkommen. Ich bin mir nämlich ziemlich sicher, daß einem in dieser Ecke während des Einparkens die Reifen abmontiert werden. Bis dann.« Sich anziehen, sehen, siegen und gehen schien zu seiner alltäglichen Morgenübung zu gehören, denn er beherrschte es perfekt. Im Nu war er aus der Tür und ließ keine Gelegenheit zum Widerspruch. Tim lachte noch einmal. Warum auch nicht; es tat ihm vielleicht mal gut, etwas anderes zu sehen. Ja, er fand mit jeder Minute, die er darüber nachdachte, mehr und mehr Gefallen an diesem aufgedrängten Rendezvous.

Da Samstag der Tag war, den er der besseren Stammkundschaft vorbehalten hatte, brauchte er sich nicht den Kopf zu zerbrechen, ob er sich die Etablissements, die Anzug mit seinem Besuch beehren wollte, auch leisten könne. Sicher war, daß er sich nicht einen Drink bezahlen lassen wollte. Man hat ja trotz allem noch so etwas wie Stolz.

Der Tag schleppte sich zäh voran. Es herrschte ein geradezu subtropisches Klima, der Asphalt flimmerte, und der Zustand des Beinahe-Smogalarms drohte einen förmlich zu ersticken. Die Menschen grunzten sich nur noch Gutturallaute zu, weil jedes Wort die Energie einer Bergbesteigung verbrauchte. Selbst die Mörder und Taschendiebe verschoben ihren Job auf den nächsten Tag in der Hoffnung, dann ein arbeitsfreundlicheres Klima vorzufinden. Nur Tim schleppte sich gequält und kraftlos zu seinen Kunden.

Es war praktisch, daß Ben Dreyer sein letztes Anlaufziel war. Ben, Plattenproduzent und Multimillionär im Ruhestand, bewohnte ein geräumiges Penthouse mit Swimmingpool. Während sie ermattet und schwitzend auf einer schwimmenden Insel die Stirn mit den kalten Gläsern ihrer Drinks kühlten, erzählte Dreyer aus der guten alten Zeit. Tim lauschte gerne seinen Geschichten, denn wenn sie auch noch so übertrieben waren, ein bißchen Wahrheit war immer dabei, und es war leicht, in dem Funkeln seiner rastlosen Augen etwas zu erkennen vom Glamour, der Glorie, aber auch den Dramen dieser irrwitzigen Branche. Er schloß seine Ausführungen immer mit dem gleichen Satz: »Wenn ich dich nicht so sehr mögen und vermissen würde, mein Junge, könnte ich noch heute einen Star aus dir machen. Aber damit würde ich uns beiden keinen Gefallen tun.« Dies schien die Formel zu sein, die ihn immer daran erinnerte, daß er ja nicht nur fürs Zuhören bezahlte.

Leidlich erfrischt trat Tim auf die Straße, um Sekunden später wieder klatschnaß geschwitzt zu sein. Es waren noch mehr als drei Stunden Zeit, und so beschloß er, sich neue Klamotten zu kaufen. Gerne wäre er zu der Fiorucci-Boutique gegangen, die letzte Woche in der 21. aufgemacht hatte, aber er konnte die Art von Verkäufern, die dort arbeiteten, nicht ertragen. Als Tim vor einigen Tagen hineingeschaut hatte, versuchte die Cheftucke, einer kleinen, verpickelten Zwei-Zentner-Tonne einen quergestreiften Minirock anzudrehen. Während der Verkäufer ihr einredete, daß sie damit einer grazilen Gazelle ähnelte, hielt

Tim den Vergleich mit einem Zebra kurz vor der Entbindung für angebracht. Er schloß aus dieser fragwürdigen Beratung, daß sich der Verkäufer auf diese Weise an der Kundin dafür rächte, daß er bei Tage keine Röcke tragen durfte.

So schlenderte er durch die Straßen und holte sich in Läden, von denen er schwören konnte, daß sie drei Tage zuvor noch nicht da gewesen waren, eine ganz passable Oversize-Jeans und zwei aufsehenerregende T-Shirts. Nur die Schuhe besorgte er sich, wie sonst auch, bei Luigi. Sie sahen teurer aus als sie waren und gingen schneller kaputt, als man es für möglich hielt.

An der Bleecker/Ecke West setzte er sich in ein Café, dessen Tuntenbarock den "Dreifachen", den er sich bestellte, fünffach rechtfertigte. Und doch hatte diese Atmosphäre auch etwas Beruhigendes und Tröstliches. Sie ließ den Gast für die Dauer seines Aufenthaltes vergessen, in welchem Zeitalter er sich befand. Nur die Preise erinnerten an die gnadenlose Gegenwart.

Der Wirt, offensichtlich ein Fan von Divine und in seinem Bestreben, ihr ähnlich zu sehen, äußerst erfolgreich, schien hocherfreut, daß ihm ein Gast ins Netz gegangen war. Mit seinen kolossalen falschen Wimpern unablässig blinzelnd, setzte er sich zu ihm an den Tisch.

»Du mußt am Abend herkommen, da ist hier mehr los, als irgendwo sonst in dieser gottverdammten Stadt. Lauter nette Leute ... und Kerle, sag' ich dir ...,« dazu gluckste er lüstern und zog mit seiner Zunge, die der einer Giraffe ähnelte, feuchte Kreise um seinen Mund. »Du suchst nicht zufällig noch 'nen Job?« »Ich habe schon einen, Mam, aber danke für das Angebot.« »Hätt' ich mir denken können - ich Dummchen. Wenn man jung ist und aussieht wie du. Wahrscheinlich hast du mehrere Chefs, was?« Dasselbe obszöne Geglucke, dasselbe Kreisen.

»Ach ja, als ich noch in deinem Alter war ... ich habe auch nicht übel ausgesehen, das kannst du mir glauben. Die Kerle waren verrückt nach mir. Tja, wenn man jung ist, denkt man nicht daran, daß der Opa am Nebentisch in wenigen Jahren dein eigenes Spiegelbild sein könnte. Als die ersten meiner Freunde anfingen, Tabletten zu schlucken, von Dächern und Brücken zu springen, sagte ich mir: Trudy, das machst du anders. Du mußt nur deinem Leben rechtzeitig einen Sinn geben. Such' dir 'nen festen Kerl, oder zieh' dir einen sauberen kleinen Laden hoch, für den es sich zu leben lohnt. Den Kerl hab' ich nicht gefunden, oder sagen wir besser ... ich hab' sie zu schnell wieder verloren, aber das mit dem Laden habe ich, wie du siehst, durchgezogen. Ich will dir was sagen, Kleiner. Meine Freunde haben es richtig gemacht. Ich war im Irrtum, als ich dachte, ich verlängere mein Leben mit all dem hier. Was ich in Wirklichkeit damit mache, ist mein Sterben hinauszögern. Das Leben schaut täglich zu mir herein in Form von süßen kleinen Dingern wie dir, die auf der Durchreise sind zu anderen süßen Typen, um mein Leben zu wiederholen und eines Tages an derselben trostlosen Stelle anzukommen wie ich. Laß dir's gesagt sein, Schätzchen: Klammere Punkt zwei aus und konzentriere dich darauf, dem Sumpf zu entkommen. Schnappe dir den Erstbesten, von dem du glaubst, daß er deinen Arsch auch noch süß findet, wenn man schon zehn daraus machen könnte. Sei nicht zu wählerisch, dann vertust du dich nur. Sieh' mich an. Ich kauf' mir so was wie dich und riskiere dabei, eins übergezogen zu bekommen. Sicher ist, daß die kleinen Spritzer, die ich für teures Geld kaufen muß, sich hinterher zu Tode ekeln und nicht mal mehr für's doppelte wiederkommen. Hast du kapiert, was Mammy dir damit sagen will?«

Divines groteske Maske war einer tragischen gewichen. Nicht einmal die doppelt geklebten Wimpern aus echtem Fohlenhaar konnten seinen durchdringenden Blick filtern.

»Ich habe verstanden, Mam, aber in einem Punkt liegen Sie falsch. Es kommt nicht nur auf den Typen an, der Ihren Arsch geil oder ungeil findet. Es kommt auch auf die Leute an, die Ihnen zufällig begegnen und sich spontan darüber freuen, daß Sie noch nicht gesprungen sind, weil sie Sie verdammt sympathisch finden.« »Du willst meine Schminke wohl auf ihre Wasserfestigkeit prüfen, du kleiner Don Juan, nein, nein, nein, das ist schön gesagt, aber komm' mir nicht so. Dein Drink wäre auch so auf Mammys Rechnung gegangen.«

Mit einem aus dem behaarten Dekolleté gezauberten Tuch wischte er die Asche und den Rest der vorangegangenen Konversation vom Tisch. »Du bist bestimmt in Eile, weil dein Prinz bereits auf dich wartet. Ich will dich nicht aufhalten, aber es würde mich freuen, wenn du mal wieder reinschauen würdest.« »Mach' ich bestimmt, Mam ... und danke für den Drink und die Tips. Konnte beides gut gebrauchen.« Divine vergaß vor Rührung mit den Wimpern zu klimpern und wandte sich konfus ihrem barocken Alltag zu.

Für Tim war die Unterhaltung mehr gewesen als der Klagegesang eines abgetakelten Schwulen. Es war mehr Weisheit darin enthalten, als in manchen wissenschaftlichen Abhandlungen sogenannter Fachleute. Wenn überhaupt irgendjemand den Titel Fachmann für sich in Anspruch nehmen durfte, so waren es wohl Menschen wie Mam und ihresgleichen. Keine noch so gewissenhaft geführte Statistik und noch so detaillierte Recherche konnte so genau Aufschluß geben über das Leben wie das Leben selbst. Und Tim befand sich mittendrin. War er nicht auch auf dem Wege, völlig zu verrohen und sich von der Fähigkeit normaler Gefühlsentwicklung in rasender Geschwindigkeit zu entfernen? Wie lange war es her, daß er sich überrollen ließ vom Zug der Leidenschaft, daß er liebeskrank und eifersüchtig wach lag bei den Gedanken an Mike und das, was er gerade tun, denken oder fühlen könnte. Wie fremd schien ihm dieser leidenschaftliche, himmelhoch jauchzende und zugleich zu Tode betrübte Tim Wholestone jener Tage. Es hing wohl nicht an Mike oder dieser einen großen Liebe, daß er eine Wiederholung so kategorisch verwarf. Irgendetwas in ihm hatte offensichtlich einen Entschluß gefaßt, dessen genaueren Inhalt er selbst nicht kannte. Also mußte er einen Entschluß gegen diesen Entschluß fassen, um sich und eine andere Möglichkeit des Empfindens und somit des Lebens schlechthin zu finden.

Mike wollte er nicht aufsuchen, das wußte er genau. Aber er nahm sich vor, den Teil Mikes, den er in anderen finden würde, zu erkennen und sich ihm zu stellen, ohne zu versuchen, in Gefühlskälte und Abwehr zu flüchten. Wenngleich alles, was Mam gesagt hatte, keine revolutionären, neuen Erkenntnisse waren, sondern nur banale Alltagsbrutalität, über deren Existenz Tim sich schon oft Gedanken gemacht hatte, so setzten sie doch etwas in ihm frei. Er war von dem Gefühl erfüllt, daß sein Bewußtsein einen Sprung gemacht hatte.

Angenehm benommen von diesem unverhofft ereignisreichen Tag betrat er sein Appartement. Die schlechte Luft und das Chaos im Raum nahm er zum ersten Mal seit langem bewußt wahr. Es war ihm peinlich, daß Glenn diesen Schweinestall gesehen hatte. Was würde er von ihm denken? Es dauerte, bis die Wohnung aufgeräumt und notdürftig gesäubert, das Bett frisch bezogen, die Flaschen, der Müll nach unten gebracht waren. Tim konnte sich nicht erinnern, wann dieses Loch, wie er es mit Überzeugung nannte, das letzte Mal so ordentlich gewesen war.

Zufrieden mit sich und dieser Verwandlung wollte er nun den letzten Rest Vergangenheit und Unwohlsein mit einer gründlichen Dusche wegspülen. Danach schlüpfte er beschwingt in seine neuen Kleider und begutachtete sich erfreut im Spiegel. Ein frischer, gutaussehender, junger Mann betrachtete ihn wohlwollend und gab ihm mit einem Zwinkern seine Zufriedenheit und sein Einverständnis mit dem Gesehenen zu verstehen. »Es wäre doch gelacht, wenn wir für dich nichts Passendes fänden, Wholestone. Du bist in der Tat ein appetitliches Bürschchen. Heute abend beginnen wir gleich mit der Suche, damit dir nicht vorzeitig dasselbe widerfährt wie dem Steak, das wir vorhin mit zugehaltener Nase bestattet haben.«

Der Rauch vermischte sich angenehm mit dem Aftershave, das er auf die vom Rasieren spannende Haut gerieben hatte. Seine Haare verbreiteten beim Auskämmen den Duft einer Frühlingswiese. »Tja, es ist zwar die reinste Verschwendung, das zu verschenken, was man für teures Geld verkaufen kann, aber sehen wir es als Räumung des Lagers an, damit wir wieder Platz für Neues haben.«

Es war lange her, daß er bewußt über seinen Abend und seinen Körper verfügte. Er war aufgeregt wie ein Teeny vor dem Abschlußball und gestattete sich, diese Albernheiten in vollen Zügen auszukosten. Die Neonreklamen schalteten sich ein und warfen ein unwirkliches Licht in den Raum, dessen fremde Atmosphäre aufgeladen wurde von der dunstigschwülen Luft, die der regennasse Asphalt verbreitete. Tim lehnte sich aus dem Fenster und sog die tausend Gerüche der Straße und die abertausend Geräusche, die das Leben verursachte, in sich auf. Dazu sang er *Street-Live* und grinste über diese triviale Assoziation. Er klatschte in die Hände und tänzelte durchs Zimmer, schenkte sich im Tangotakt einen Bourbon in die Kaffeetasse, besprühte sich beim Walzerschritt mit Jil Sander, küßte mit Leidenschaft, zu Sams Klavierspiel aus Casablanca, seinen ebenfalls erregten Spiegelpartner.

Es klopfte an der Tür. Tim fuhr zusammen, wie damals, als ihn seine Mutter beim Rauchen erwischt hatte. Wer konnte das sein? »Guten Abend, Mr. Wholestone, du solltest vielleicht mal deine Klingel in Ordnung bringen lassen, oder etwas gedämpfter singen - hoffentlich hast du Bogie damit nicht aufgeweckt.«

Tim schoß das Blut so heftig in den Kopf, daß er befürchtete, das Bewußtsein zu verlieren. Er wußte, daß soviel Ausgelassenheit eine Strafe nach sich ziehen würde. Natürlich bildete sich Anzug jetzt ein, daß sein Übermut etwas mit diesem Rendezvous zu tun hatte, und das war der einzige Eindruck auf der großen, weiten Welt, den Tim nicht aufkommen lassen wollte.

»Aber es freut' mich, daß ich scheinbar einen guten Abend getroffen habe, an dem du mir die Ehre erweist, dich ausführen zu dürfen.« Dieser Teufel. Er hatte seine Gedanken gelesen. Er war noch schlimmer und gefährlicher, als Tim es sich schon eingeredet hatte. Sollte er den Abend absagen, einfach vorgeben, daß er sich schon anderweitig verabredet hatte, um diesem aufgeblasenen, eingebildeten Berufssöhnchen eine Lektion zu erteilen?

»Neckerei beiseite, ich habe mich wirklich sehr auf diesen Abend gefreut. Und du?« »Ich habe mich auch an den Gedanken gewöhnt.« Der Spruch war glücklicherweise so blöde, daß beide, ohne Gefahr etwas falsch zu machen, herzlich darüber lachen konnten. »Das sieht hübsch aus, was du da anhast.« »Danke für die Blumen, ich nehme an, daß ich mir diese Montour in zehnfacher Ausgabe hätte kaufen können, wenn ich mit deiner linken Socke bezahlt hätte.« »Und ich vermute, daß es eines deiner Lieblingsspiele ist, den Rächer der Enterbten zu mimen, Mr. Robin Hood. Soll mir auch recht sein - Hauptsache wir spielen im selben Sandkasten. Auf die Onkel-Doktor-Phase freue ich mich besonders.« »Der Abend wird wahrscheinlich auch ohne deine krampfhaften Versuche, originell zu sein, ein Reinfall, also laß ihn uns so schnell wie möglich hinter uns bringen. Ich bin soweit fertig.«

Glenn hatte mit seiner Befürchtung recht gehabt. Als sie zum Wagen kamen, fehlten bereits zwei Radkappen. »Das tut mir leid, Glenn. Hoffentlich bekommst du keinen Ärger deswegen.«

»Wenn ich gewußt hätte, daß dir dieser Diebstahl einen so gefühlsbetonten Satz entlockt, in dem du mich sogar bei meinem Namen nennst, hätte ich sie selbst abmontiert. Ich hoffe nicht, daß es dich wieder in einen Stein zurückverwandelt, wenn ich dir sage, daß dies mein Auto ist und ich nicht gedenke, mir deshalb Ärger zu machen.«

Nun hatte Tim doch starke Bedenken, ob sein Taschengeld, das er für den Abend eingeplant hatte, auch nur für die Eintrittskarte im ersten Laden reichen würde. Immerhin hatte Glenn seinen Anzug gegen verwaschene Jeans und ein lässiges Hemd eingetauscht. Über das Jackett und die italienischen Schuhe konnte man ja hinwegsehen. Tim war froh, daß er noch bei Luigi reingesehen hatte, mit seinen Boots hätte er sich zu Tode geschämt.

Sie hielten vor einem eleganten Kolonialhaus, unter dessen Eingangsmarkise ein Uniformierter mit großen Schritten auf den Wagen zugeeilt kam.

»Guten Abend, Mr. van Steuven. Wir haben Sie schon vermißt, waren Sie in Urlaub?« In seiner engen Hose mit den Seidenstreifen an der Seite, die, was sie bedeckte, keineswegs verbarg, wurde das *Wir* zu einem *Ich*. Seine aufdringlich weißen Zähne, hinter denen seine erdbeerfarbene Zunge tanzte, machten die scheinbar unverbindliche Begrüßungsformel zu einem lasziven Liebesschwur. Tim wäre am liebsten erst gar nicht ausgestiegen und war auch der Überzeugung, daß das niemandem an diesem vefluchten Ort aufgefallen oder unrecht gewesen wäre.

»Das ist Mr. Robin Hood, Jaimie.« »Bin außerordentlich erfreut, Sir.« Sein kurzes, zackiges Kopfnicken war eine Ohrfeige, seine abschätzig nach oben gezogene Braue ein unmißverständliches Statement, das entblößte, makellose Gebiß inmitten einer geradezu maßlos schönen Physiognomie dieses Lümmels eine Beleidigung.

»Du mich auch, Zähnchen.« Glenn räusperte sich verlegen und wich dem empörten Blick aus, indem er in Richtung Eingang steuerte. »Noch ist es nicht zu spät, Mr. van Steuven. Du kannst deinen gesellschaftlichen Ruin verhindern, indem du diesen Lutscher aufforderst, mir ein Taxi zu rufen und so tust, als hättest du mich zufällig als Beilage zu deinem Hamburger in der McDonalds-Tüte vorgefunden.« »Kein Mensch würde mir glauben, daß ich Hamburger esse, also muß ich mich schon zu dir bekennen. Außerdem wird dein derber Straßenjargon die Leute hier durchaus erfrischen. Du brauchst sie ja nicht gerade alle *Lutscher* nennen und schon bei der Begrüßung auffordern, dich am Arsch zu lecken. Ich werde auch so alle Hände voll zu tun haben, deine Unschuld zu beschützen.«

»Spaß beiseite, Glenn. Du bist ein netter Kerl, aber machen wir uns nichts vor. Ich passe hier nicht rein, und du mußt mir oder dir nichts beweisen, indem du mit mir Spießruten läufst.«
»Ich habe gesagt, daß ich mich auf dich gefreut habe, Timmy, und ich habe das so gemeint. Du gefällst mir - so, wie du bist, und ich werde mit dir angeben wie zehn nackte Neger. Ich werde so tun, als wäre ich mir sicher, daß du auch auf mich abfährst. Und wenn du eingeschüchtert und beeindruckt bist von dem Wind, den die oberen zehntausend Schwestern da drinnen machen, wenn du nicht wagst, dich zu wehren, werde ich über dich herfallen und all das mit dir machen, wovon ich, seit ich dich gesehen habe, träume. Wenn du davor Angst hast, lauf jetzt weg, aber schnell, denn ich bin nicht nur ein netter Kerl, sondern auch ein guter Sprinter.« Tim schaute verlegen zu Boden. »Es ist schon bemerkenswert, wie oft du mich aus der Fassung bringst. Eins zu Null für dich; Anzug gegen Straße, das verspricht ein spannendes Match zu werden.«

Das Foyer, das sie betraten, war ein monumentaler Traum aus Marmor und Spiegeln. Ebenfalls uniformierte smarte Kerlchen, die Tim an kostümierte Stricher aus dem Paris der zwanziger Jahre erinnerten, nahmen ihnen die Garderobe ab und maßen sie mit unverhohlen geilen Blicken. Geschickt spickten sie jede höfliche Floskel mit kessen Zweideutigkeiten und Angeboten. Zwei dieser Liftboy-artigen Erscheinungen öffneten mit 100% synchronen Bewegungen eine reich verzierte Klapptür.

Tim glaubte, seinen Augen nicht zu trauen. Er sah in einen barocken Ballsaal gigantischen Ausmaßes. Lüster, die die Größe seines Appartements haben mußten, warfen ein warmes gedimmtes Licht auf das Leben und Treiben unter ihnen. Fresken und Stuck bildeten den Hintergrund für hunderte aufeinander einschwatzende, in verschiedenförmigsten Grüppchen beieinanderstehende Menschen. Aus einer von ihnen löste sich juchzend eine Person, die mit trippelnden Schritten auf sie zugegackert kam.

»Glenn, mein Augenstern, wo bist du gewesen? Wir haben die Götter angerufen und Rudys gläserne Kugel befragt. Vor Sehnsucht und verschmähter Liebe sind mir auch noch die letzten Haare ausgefallen, du ungezogener Junge du.« »Hallo, Dean, ich war im Black-Wood-Forest und wandelte auf Amors Pfaden.« »Oh, wie phantastisch, haben die Römer dieses prüde England doch noch erobert. Dann ist das wohl die Beute von deinen amourösen Streifzügen durch England. Petri Heil - die Jagd hat sich gelohnt.« »Petri Dank - die Hatz ist noch nicht abgeblasen, und es hat sich noch nicht rausgestellt, wer Opfer und wer Jäger ist.« »Nein, wie aufregend. Daß ich das noch erleben darf. Eigentlich muß ich dir ja böse sein, Kleiner; Glenn wurde nämlich von den Göttern geschaffen, um uns alle zu beglücken, aber für diese sensationelle Story verzichten wir auch eine Weile auf ihn. Ihr müßt mir versprechen, daß ich es den Mädchen zuerst erzählen darf. Wir sehen uns dann später, ich muß die frohe Kunde weitertratschen, das Volk hat ein Recht darauf. Daß ihr mir ja nicht entflieht, ohne euch von Deany zu verabschieden. Hermann, Hermann, was unser verlorener Sohn und sein niedlicher Spielkamerad trinken, geht selbstverständlich auf Rechnung des Hauses, kümmere dich darum, ja? So ... und nun amüsiert euch schön, meine Süßen.« Deany schwebte mit weit gespreizten Fingern durch den Ballsaal und richtete sein gekräuseltes Schnütchen wie die Mündung eines Schnellfeuergewehrs mal in dieses, mal in jenes Grüppchen.

Bohrende Blicke, die die breite Palette zwischen abgrundtiefem Haß über neidvolle Bewunderung bis hin zu aufreizenden Enter-Blicken abdeckten, trafen Glenn und Tim.

»Was war das?« »Die erste Hürde. Deany - die reichste Schwester westlich des Hudson. Ihm gehört dieser Schuppen hier. Er bestimmt, wer in die Arena muß, um von den Löwen gefressen zu werden, oder verschont wird. Er scheint dich zu mögen.« »Wenn ich das beiläufig von ihm geflötete Heldenepos, das er auf dich gedichtet hat, richtig interpretiere, bist du ihm auch nicht gerade zuwider. Wenn ich gewußt hätte, daß du auf Walküren stehst, hätte ich mir einen Sack Kartoffelchips unter mein Ballkleid genäht.« »Es ist ganz gut, daß ihr euch, zumindest was den Leibesumfang anbelangt, unterscheidet. Von der Schärfe eurer Zunge seid ihr zum Verwechseln ähnlich.«

»Glenn, Glenn, was müssen meine Ohren da hören. Man kann dich aber auch nicht einen Moment aus den Augen lassen. Willst du mich nicht deinem Auserwählten vorstellen?« »Tim das ist Hugo - Hugo van Dyke - ein Onkel mütterlicherseits. Er macht nicht nur für normale Menschen unnachvollziehbare Kunst, sondern lebt diesen Stil auch in Vollendung. Seine Kritiker sind sich noch immer nicht im klaren darüber, ob seine Käufer Irrsinnige oder vom Himmel gesandte Engel sind, die die Zivilisation vor Hugos Antikunst bewahren wollen, indem sie seine Werke für teures Geld kaufen, um sie dann sofort zu vernichten. Hugo, das ist Tim. Er wird dir nicht Modell stehen, und wir haben morgen abend schon etwas vor. Er war noch nicht in Amsterdam und lehnt eine Einladung für die Besichtigung deiner Privatsammlung höflich, aber entschieden ab.«

»Wenn sich dein Benehmen gegenüber deinem alten Onkel nicht bald bessert, werde ich deine geliebte Mutter ermorden, indem ich ihr verrate, daß du keine Unterwäsche trägst und in aller Öffentlichkeit "Scheiße" sagst, sooft und wann immer du willst.« Der tattrige Onkel wurde von einer Flut feixender und plappernder Aasgeier weggespült, die schamlos, wie sie waren, über jedes Detail dieser sensationellen "Vermählung" informiert werden wollten. Tim stand meist sprachlos und staunend neben Glenn, der mit beeindruckender Schlagfertigkeit alle rhetorischen Attacken abzuwehren verstand. Immer neue Gesichter, Fragen, Anzüglichkeiten und Bemerkungen. Tim fragte sich, ob für eine Sekunde Ruhe in diesen Stall affektierter Hühner zu bringen wäre, indem er laut rülpste oder einen fahren ließe. Bestimmt fielen die ersten fünf Reihen vor Entzücken oder Ekel in Ohnmacht, während der Rest im Flüsterton die Nachricht über den Furz des Neuen in den hinteren Saal tragen würde. Kurz bevor er eine Probe aufs Exempel machen wollte, nahm Glenn ihn bei der Hand: »Komm', ich möchte dir jemanden vorstellen.«

»Was ist dir lieber, ein hysterischer Lachkrampf oder ein klassischer Nervenzusammenbruch? Seit einer Stunde tust du nichts anderes, als irgendwelchen irrsinnigen Kühen den Huf zu schütteln und dich von ihren frivolen Gedanken anspritzen zu lassen. Ich habe die Schnauze gestrichen voll vom Kondolieren dieser Skandalnudeln über die verlorengegangene Freiheit sie in der Besenkammer zu befriedigen. Deine Audienzstunde war sehr imposant, aber ich verzichte nun auf das zweifelhafte Vergnügen, dieser Meute von Arschkriechern und Speichelleckern bei der Ausübung ihrer Leib- und Magenbeschäftigung zuzusehen. Grüße mir Nero oder Deany, und steck' ihm als Dankeschön für sein herzliches Willkommen noch einen Finger für mich in den Arsch.« ... Stille ... Der Saal hatte im Radius von zwanzig Metern jedwede Aktion einstellt, es wurde nicht getuschelt, nicht gescharrt, nicht geatmet. »Bravo, bravo, bravo, mein Kleiner.« Fleischige, kleine, schwitzende Hände zerklatschten die künstliche Stille. »Wer sich nicht wehrt, lebt verkehrt.« Auf diese platte Weisheit, die eher zu einem bärtigen deutschen Achtundsechziger als zu einem barocken Rauschgold-Engel der Neunziger paßte, ließ Deany ein groteskes Lachen folgen, in das alle Umherstehenden einfielen, bis ihre Köpfe rot angelaufen waren und ihnen der Mascara in schwarzen Schlieren um die Augen lief. Dieser Umstand löste eine Völkerwanderung zur Toilette aus.

Betreten lächelte Tim in das schwitzende, gutmütige Gesicht des Gastgebers. »Es tut mir wirklich leid, Dean. Aber ich hab' auf einmal rot gesehen und völlig die Berherrschung verloren. Schön, daß du mir nicht böse bist.« »Das einzige was ich dir mit Fug und Recht krumm nehme, du kleiner Teufel, ist, daß du das mit dem Finger nicht ernst gemeint hast. Man macht alten Ladies, wie ich eine bin, keine leeren Versprechen.« Beide lachten und schlenderten erheitert zur Bar. Glenn begleitete sie grinsend. »Eins zu Eins, Mr. Wholestone. Du hast mir nach einer Stunde und fünf Minuten die Schau gestohlen, und das ohne die Hose herunterzulassen. Das hat noch keiner geschafft.«

Der weitere Abend verlief anstrengend, aber vielseitig. Jeder, der Tim ansprach, kannte selbstverständlich seinen Namen, und Deany machte ihn mit unzähligen Herren bekannt, deren Namen er aus dem Fernsehen und Klatschblättern kannte, die man las, wenn man beim Friseur oder Arzt saß. Ein illusterer Querschnitt durch die Tratschspalten aller Hausfrauenmagazine machte ihm im Laufe des Abends seine Aufwartung. Anders als zuvor behandelte man ihn nun mit Respekt und unanzüglicher Freundlichkeit. Die Konversation zwischen ihm und Glenn fand nur in Blickwechseln statt, und doch war sie sehr intensiv. »Tja, mein lieber Tim, das ist der Tribut, den man bezahlt, wenn man vom reichsten und begehrtesten Junggesellen der Stadt auserkoren wird. Aber wenn das Krönungszeremoniell erstmal abgeschlossen ist, dann habt ihr eure Ruhe. Du mußt den Leuten ihre Neugier zugestehen. Glenn ist zwar schon mit vielen hier hinausspaziert, aber er ist noch nie mit einem gekommen. Darauf kannst du dir wirklich etwas einbilden.« »Aber er kennt mich doch überhaupt n....« »Vielleicht liegt darin das Geheimnis. Er kennt sonst jeden.«

»Laß' dir von Deany keine Vertraulichkeiten aus der Nase ziehen. Du liest sie morgen in seiner Zeitung; Deany, ich entführe dir das, was du dir langsam und unmerklich unter den Nagel zu reißen versuchst. Komm', Timmy, ich möchte das nachholen, was du vorhin mit deiner wüsten Straßenrede verhindert hast. Das ist Henry Lamar. Henry, das ist Tim.«

»Freut mich, Ihre Bekanntschaft zu machen, Tim. Ja, Glenn, du hast recht gehabt. Aus dem Jungen könnte man etwas machen. Ich habe am Montag ein Casting. Schick' ihn doch vorbei, so gegen 11 Uhr. So, nun muß ich aber los, ich hätte schon vor Stunden zu Hause sein sollen. Hat mich gefreut, Tim.«

»Ich wußte nicht, daß der Strich mitten durch diesen Ballsaal verläuft und du die Absicht hast zu meinem Zuhälter zu avancieren.« »Genau das Gegenteil ist der Fall. Henry hat die größte und angesehenste Modell-Agentur in der Stadt und ist sowohl national, als auch international hoch geachtet. Von ihm kommen nur die besten Mannequins und Dressmen. Es wäre doch nicht schlecht, wenn ihr zusammenkämt, oder? Was seine sexuellen Ambitionen anbelangt, so brauchst du dir keine Gedanken zu machen. Er hat im Laufe seiner Zusammenarbeit mit den schönsten Männern des Kontinents eine regelrechte Allergie gegen gutes Aussehen entwickelt. Wenn ihm ein gutaussehender Junge die Hand schüttelt, bekommt er einen entsetzlichen Ausschlag. Sein Freund hat ein gebrochenes Nasenbein, Hasenzähne und schielt. Er ist sehr glücklich mit ihm und sehr treu!« »Das klingt alles sehr verrückt. Kneif' mich, damit ich weiß, daß ich nicht träume.« »Darf ich mir aussuchen, wohin?« »Die niedrigen Wünsche, die immer wieder in dir aufkeimen, Mr. van Steuven, entsprechen nicht der Etikette, die für einen wohlerzogenen jungen Mann aus gutem Hause gelten sollte.« »Der rhetorische Flic-Flac ist nicht notwendig, Mr. Wholestone, um erkennen zu lassen, daß unter deiner von Straßenstaub und Unmoral verkrusteten Schale ein außergewöhnlich intelligenter und bemerkenswerter Stricher steckt.« »Ich hasse Freier, die zuviel sprechen. Zahle endlich und zeig' mir dann, daß du nicht nur aus Kopf und unwiderstehlichem Image bestehst.« Sie näherten sich wie in Trance und küßten sich zärtlich in dem luftleeren, geräuschlosen und weltvergessenen Raum, in den kein Laut von außen mehr eindringen konnte. Sie hörten nicht die neckischschmatzenden Geräusche und Rufe um sie herum, bemerkten nicht, wie sich der Verfolger-Spot vom Zentrum der Tanzfläche auf sie richtete, und die Kapelle die Melodie der Love-Story spielte. Im ganzen Saal wurde nun geküßt; stürmischer und unbeherrschter, in schummrigen Ecken wurden Knöpfe und Reißverschlüsse geöffnet und lustvoll gestöhnt. Die Luft knisterte von erotischer Spannung, und die ganze Menge verfiel in einen orgiastischen Sinnestaumel. Nero verwandelte sich in Belsazar, bespritzte seine Gäste mit Champagner und forderte lautstark zum Exzess auf. Als der Lärm zum ohrenbetäubenden Vulkanausbruch anschwoll, kamen Tim und Glenn wieder zur Besinnung. Sie befanden sich inmitten eines tobenden Hexenkessels.

»Nero muß unvermutet auf Napoleon gestoßen sein, und das im Foyer dürften die Germanen vom Teutoburger Wald sein. Siehst du Attila?« »So etwas hat hier schon mal stattgefunden. Wenn uns unsere Hosen lieb sind und ihr Inhalt heilig, dann sollten wir uns aus dem Staub machen. Halt! Nicht durch die Menge, hier hinten ist der Seitenausgang.«

Gegen die Lustschreie in "Klein-Sodom" erschien einem der banale Straßenlärm wie das Plätschern eines Tropfens von der Decke einer Grotte ins darunterliegende Wasser.

»Das war der irrwitzigste Abend meines Lebens.« »Wenn du mitten durch wärest, hätte es auch dein letzter sein können.« Jaimie brachte artig den Wagen. Er vermied es, die Zähne zu blecken und Tim in die Augen zu sehen, und dieser ersparte seinem Nebenbuhler großmütig jede weitere Erniedrigung.

»Wo fahren wir jetzt hin?« »Zu mir natürlich, wohin sonst?«

Sie fuhren durch die ermüdete alte Stadt, deren Bewohner an ihren unter Bluthochdruck leidenden Kreislauf angeschlossen waren. Die blinkenden Lichter, die dazu aufriefen, in den großen, roten Apfel zu beißen, der Leben verhieß, flirrten unablässig und allgegenwärtig. Die laue Nachtluft spielte mit ihren Haaren und machte die Fahrt zu einer perfekten Stimmungsszene aus einem schnulzigen Hollywoodfilm. Tim war sich immer noch nicht ganz sicher, ob er nicht jeden Moment aus diesem verrückten Traum erwachen würde.

»Wir sind zu Hause, Robin.« »Zu Hause?« »Ich weiß nicht, warum alles so ist, wie es ist, Timmy, aber ich weiß, daß es einen Sinn hat. Und deshalb sind wir jetzt zu Hause.« »Bitte, lieber Gott, laß es Wirklichkeit sein.« »Es ist Deanys Job, die Götter anzurufen, nicht deiner. Laß uns reingehen.« Sie standen im Vorpark eines schloßartigen Gebäudes, zu dessen Eingang eine kleine Freitreppe führte. Auf ihren Ausläufern waren lebensgroße griechische Statuen angebracht. Tim unterließ es, die vielen erleuchteten Fenster zu zählen, er befürchtete, daß ihn eine banale Addition noch schneller ans Ende seines phantastischen Traumes bringen würde.

»Keine Sorge. Das ist nur die automatische Zeitschaltuhr. Es ist keiner hier außer uns.« Tim konnte nicht sagen, ob sie eine halbe oder eine ganze Stunde durchs Haus gelaufen waren, bis er die meisten Räume gesehen hatte. Er sah Möbel und Dekorationen, wie aus 1001 Nacht des zwanzigsten Jahrhunderts. So stellte man sich das Leben der Carringtons oder Colbys vor. Niemand konnte wirklich so leben. Oder doch?

»Laß' dich nicht so sehr erschrecken von alldem. Du wirst es schneller für selbstverständlich halten als du denkst.« »Ich werde so etwas nie für selbstverständlich halten, Glenn, und ich weiß auch nicht, wie du dazukommst, mit jemandem wie mir ein solches Spiel zu spielen. Du magst es für unterhaltsam halten, Aschenputtel neu zu inszenieren, aber es ist nicht fair von dir, mich in diese Hauptrolle zu stecken. Wie hast du dir das vorgestellt? Prinz entführt entgleisten Prostituierten ins Wunderland des Märchens, verbringt ein paar zauberhafte Tage mit ihm und entläßt ihn dann wieder huldvoll in die Wirklichkeit, mit dem gönnerhaften Gefühl, ihm Einblick in eine andere Welt gewährt zu haben? Ich möchte nach Hause - zu mir nach Hause, jetzt.« »Warum versuchst du, zu verstehen, wofür es keine Erklärung gibt? Es stimmt: Wir kennen uns nicht. Es stimmt, daß wir nicht das sind, was sich die Gesellschaft unter einem Traumpaar vorstellt. Aber es ist auch richtig, daß ich mit Brooke Shields nichts anfangen könnte. Und es ist auch wahr, daß ich noch nie jemanden wie dich mit hierher genommen habe. Für meine diversen nichtssagenden Affären mit wohlsituierten, guterzogenen Jungen meiner Schicht habe ich eine Stadtwohnung. Dort bin ich nicht zu Hause. Hier ist mein eigentliches Heim, und hier gehören wir beide her, das fühle ich. Mehr kann und will ich dazu nicht sagen. Und wenn du der bist, für den ich dich halte, dann weißt du, daß ich nicht spiele.« »Dann bin ich nicht der, für den du mich hältst. Aber ich wünsche mir, daß es so ist, wie du sagst, und das habe ich seit Mike nicht mehr getan.« »Mike? War das deine große Liebe?« »Ja.« »Dann will ich Mike sein, nicht Glenn. Ich will deine große Liebe sein. Nenn' mich Mike und küß' mich. Ich will, daß du mich liebst. Ich bin verrückt nach dir, Timmy, liebe mich.«

Es war keine Zeit, eines der vielen Zimmer mit ihren großen Betten aufzusuchen. Mit der Heftigkeit einer Sturmflut prallte ihre Leidenschaft aufeinander. Das gegenseitige Verlangen ließ ihnen hundert Arme, tausend Finger und noch mehr Münder wachsen. Sie verschlangen sich und wälzten ihre Körper vor Begierde, wie zwei Ringer, die einen Kampf auf Leben und Tod ausfochten. Stoff zerriß, Knöpfe sprangen von heruntergerissenen Kleidungsstücken ab. Zungen suchten nach Erhöhungen und Vertiefungen des anderen und umkreisten auf feuchter Spur lauernd ihr Ziel. Zitternde Finger bahnten sich Wege unter naßgeschwitzter Wäsche und griffen gierig nach der Quelle ihrer Lust. Muskeln zuckten rhythmisch zusammen und entspannten sich wieder durch die Liebkosung mit der Zunge. Alle Öffnungen wurden von wallendem Blut durchpulst und gekitzelt. Die Haut, die gleitend aneinanderdrängte, prickelte wie von tausend Nadeln gestochen. Sie stöhnten im Takt mit Deanys Massenorgie und wurden dabei so laut und berauscht wie der von nackten Leibern bebende Ballsaal. Glenns Zunge hatte die Stelle so lange gestreichelt, bis der Muskel weich und entspannt war. Er schob sich schwer atmend der Vereinung entgegen, die tiefer war und wärmer als alle Tiefen und Wärmen dieser Welt. Er stieß mit roher Zärtlichkeit in's Zentrum seines Glückes, um dort mit Begehren empfangen zu werden. Der unbekannte, lusterzeugende Schmerz nahm Tim fast die Besinnung. Er wand sich unter dem auf ihn einhämmernden Körper, und warf sich dennoch den Stößen entgegen. Sie spürten, wie sie beide zum Höhepunkt drängten, ohne Möglichkeit, ihn weiter zurückzuhalten. Zwei Schreie, die wie einer klangen, entfesselten sich ihrer Kehlen. Zuckend fielen sie in sich zusammen. Schweißüberströmt und reglos blieben sie liegen.

»So will ich für immer bleiben. Ich werde nie mehr aus dir rausgehen.« »Das sollst du auch nicht. Es ist ein tolles Gefühl, dich so tief in mir zu haben. Ich hätte nie geglaubt, daß ich das mal tun würde.« »Soll das heißen, daß du noch nie ...?« »Das soll es. Bislang habe ich immer den Mann gemimt.« »Warum hast du mir das nicht ..... Dann war ich vielleicht viel zu grob.« »Du warst sehr zärtlich und dann genau so grob, wie ich es vertrug und wollte.« »Das ist das Größte ... ich liebe dich, Timmy!«

Engumschlungen schliefen sie ein mit dem Traum, der ihre Wirklichkeit war.

Sie standen spät auf und badeten gemeinsam in einer Wanne, deren Dimensionen Tim an das Kinderplanschbecken in der Städtischen Badeanstalt erinnerte. Er war erstaunt, als sie im

Speisezimmer vor einem gedeckten Tisch mit dampfendem Kaffee standen.

»Wann hast du das gemacht? Du warst doch nur zehn Minuten weg.« »Das hat Fran gerichtet. Sie ist die gute Seele dieses Hauses. Du wirst sie mögen.« Bevor Tim etwas erwidern konnte, flog die Tür auf, und eine monströse alte Negerin betrat den Raum mit brutzelnden Eiern und Speck. »Guten Morgen, Sir, guten Morgen, Mr. Wholestone. Ziehen Sie sich gefälligst Schuhe an, Sie werden sich noch eines Tages den Tod holen. Das gilt auch für Sie, Mr. Wholestone. Guten Appetit. Wenn heute wieder alles übrig bleibt, gibt es keine Frühstückseier mehr.«

»Schau nicht so geprügelt drein. Die gute alte Fran ist heute mit dem falschen Fuß aufgestanden, dann ist sie immer etwas streng. Du wirst sie lieben und schätzen lernen.« »War sie dein Kindermädchen?« »Ja, woher weißt du das?« »Oh, ich habe schließlich *Vom Winde verweht* gesehen.« Glenn lächelte. »Wenn du wüßtest, wie richtig du liegst! Meine Eltern haben sie damals tatsächlich deshalb eingestellt, weil ihnen die Nanni aus dem Film so gut gefallen hat. Daß deshalb aber aus mir eine Scarlett wird, haben sie wohl nicht eingeplant.« Sie mußten beide lachen. Nach dem Frühstück zeigte Glenn ihm den kleinen Park, der hinter dem Haus lag. Es war eine wunderschöne Anlage mit alten Bäumen, einer großen Wiese und lustigen Wasserspielen in einem Teich, der mit prächtigen Seerosen bewachsen war. Eine Ente mit ihren frischgeschlüpften Küken beschimpfte aufgeregt die Störenfriede.

Fran bekochte sie auch am Nachmittag und war sehr viel besserer Laune, weil sie am Morgen die Frühstückseier aufgegessen hatten. Sie lächelte Tim beim Abräumen sogar für einen kurzen Moment zu. Am Abend saßen sie mit einem Whisky vor dem offenen Kamin und erzählten einander ihre Gedanken und Gefühle, die sie empfunden hatten, als sie sich kennenlernten. Sie lachten viel dabei und sahen sich verliebt in die Augen.

»Vergiß nicht, du hast morgen einen Termin bei Henry Lamar.« »Und wie komme ich dorthin?« »Leider muß ich schon früh aus dem Haus, aber das ist kein Problem. Ich schreibe dir die Adresse auf, und du nimmst den anderen Wagen. Er steht in der Garage. Hier habe ich übrigens etwas für dich.« Er überreichte Tim ein kleines hübsch, eingebundenes Päckchen. »Was ist das?« »Mach's auf, dann wirst du's sehen.« In dem Päckchen befand sich ein Anhänger mit zwei Schlüsseln.

»Das eine ist der Autoschlüssel. Du kannst es ja fahren, bis dich Henry zum reichen Mann gemacht hat und du dir ein eigenes kaufen wirst. Und das, das sind deine Hausschlüssel.« »Du bist dir also immer noch sicher?« »Sicherer denn je.«

Auch diese Nacht wurde eine lange und leidenschaftliche.

»Mister Wholestone - aufstehen. Sie müssen um 11 Uhr gutaussehend in der Stadt erscheinen. Wenn Sie noch lange liegen bleiben, bekommen Sie die Falten bis dahin nie aus dem Gesicht.« »Guten Morgen, Fran. Sie haben ganz recht, ich muß raus.« »Ich habe das Frühstück heute auf der Terrasse gerichtet, es ist traumhaftes Wetter.« »Das ist eine wundervolle Idee. Ich dusche mich schnell und komme dann runter.«

Neben seiner Tasse lag ein Briefumschlag, der seinen Namen trug.

Guten Morgen, Lieber!

Ich hoffe du hast so phantastisch geschlafen wie ich. Am liebsten würde ich gar nicht fortgehen, aber es finden heute sehr wichtige Besprechungen statt, bei denen ich nicht fehlen darf. Ich hoffe, du bist nicht sauer, wenn ich dir einfach diese Scheine hinlege, aber ich darf das. Du sollst dir davon ein paar tolle Klamotten holen, bevor du zu deinem Casting gehst. Das sage ich nicht, weil ich deine Kleider nicht passend finde, sondern weil ich überzeugt davon bin, daß du dich mit etwas Neuem bestimmt viel besser fühlst. Außerdem, wenn es dir nicht paßt, daß ich dir das Geld gebe, ... du kannst es mir bestimmt schon bald zurückzahlen. Überhaupt: ich mache viel zuviele Worte dafür, daß ich dir nur sagen möchte: Ich liebe dich!
Dein Mike.

Tim steckte lächelnd die 500 Dollar in seine Tasche und schlug mit beeindruckendem Appetit zu. Fran war hellauf begeistert, als sie sah, daß von allem, was sie gerichtet hatte, nichts als Schalen, Krümel und Kerne übrig geblieben war. »Hhm, das lob' ich mir, habe ja langsam schon an meinen Kochkünsten gezweifelt.«

Tim war noch nie einen Sportwagen gefahren. Er hatte an jeder Ampel das Gefühl, daß die Leute ihn anstarrten, und befürchtete, daß ihn jeden Moment die Polizei anhalten und des Diebstahls beschuldigen würde. Aber nichts dergleichen geschah. Als er mit seinen Besorgungen fertig war und sich so eingekleidet hatte, wie er es für seinen bevorstehenden Termin für zweckmäßig hielt, hatte er noch eine Stunde Zeit. Er fuhr zu einem Blumengeschäft, ließ einen gigantischen Strauß zusammenbinden und vereinbarte, daß er gegen 17 Uhr in Trudys Café abgegeben werden sollte. Auf die Karte schrieb er:

Habe Ihren Rat befolgt, Mam, und fühle mich so gut, wie noch nie.
Danke!

Er hatte sich fest vorgenommen, dieser Tage selbst bei Trudy vorbeizugehen, sobald er etwas Zeit dafür haben würde; vielleicht ginge Glenn ja auch mit.

Das imposante Bürogebäude mit seiner verspiegelten Front flößte Tim gehörigen Respekt ein. Er wäre am liebsten wieder umgekehrt. Aber nun war er schon mal hier, und Henry würde sich bestimmt bei Glenn beschweren, warum er ihn bemühte, um dann versetzt zu werden. Also betrat er schweren Herzens den Fahrstuhl.

»Fünfzehnter Stock bitte.« Neben ihm stand außer dem Liftboy ein älterer Herr in Hut und Mantel. Tim spürte, wie sich dessen Blick an ihm festsaugte und auf und ab wanderte. Bei seinen Schuhen verharrte der Mann mit seiner eigenartigen Inspektion. Vielleicht hätte er doch nicht die Sportschuhe wählen sollen. Wenn Henry ihm auch gleich auf die Füße sehen würde, wüßte er wohl endgültig, daß er sich falsch gekleidet hatte. Dabei hatte er in einer Reportage über Models gesehen, daß sie sich zu solchen Anlässen immer locker, sportlich anzogen. Aber das wäre ja auch das erste Mal, daß man sich auf die Fernsehberichterstattung hätte verlassen können. »Fünfzehnte Etage!« Glenn hatte die Lage der Agentur gut beschrieben, und so ging er zielstrebig auf die große Türe zu, hinter der womöglich eine neue Zukunft lag. Sein Herz klopfte heftig beim Eintreten. Er befand sich in einem riesigen Vorzimmer, in dem bereits 20 gutaussehende Jungen und Männer herumstanden oder -saßen und sich angeregt unterhielten, als würden sie sich schon jahrelang kennen. Tim stellte mit Bestürzung fest, daß sie zum größten Teil sehr elegant gekleidet waren. Keiner trug Sportschuhe. Er war verzweifelt. Gerade als er sich zum Gehen wandte, betrat der Herr vom Fahrstuhl den Raum. Er blieb stehen, ließ für Sekunden seinen Blick über alle Anwesenden streifen, verharrte bei Tim und schließlich dessen Füßen. Tim wünschte sich mit ihnen voran im Erdboden zu versinken. Eine Sekretärin stürzte sich begrüßend und verbindlich auf den noch immer starrenden Mann. »Guten Morgen, Mr. Smith. Ich hoffe, Sie hatten eine angenehme Fahrt. Mr. Lamar erwartet Sie bereits.« Kurze Zeit, nachdem er im Büro verschwunden war, kam Henry herausgeplatzt und schaute allen Anwesenden auf die Füße. Bei Tim hielt er inne, sah an ihm hoch und winkte ihn hinein.

»Wenn das kein toller Start ist. Guten Morgen, Wholestone. Dies ist Mr. Smith, einer unserer besten Kunden. Er leitet die Werbeagentur Chendler und hat dieses Casting erbeten, um sich eine Leitfigur für einen TV-Spot auszusuchen. Bei dem Produkt handelt es sich um einen neuartigen Sportschuh, der demnächst auf den Markt kommen soll. Mr. Smith, den du ja schon im Fahrstuhl begegnet bist, findet nun, daß keiner den Schuh besser präsentieren kann als jemand, der auch privat gerne Sportschuhe trägt. Obendrein gefällt ihm nicht nur diese Einstellung, sondern auch der Rest deiner Erscheinung. Du hast den Job.«

Das anschließende Gespräch mit Smith, die Vereinbarungen über die nächsten Termine und alle Vorbereitungen, Henrys Aufnahmerede und, nachdem Mr. Smith gegangen war, die Festlegung der finanziellen Konditionen, die Fahrt nach Hause bis zu dem Moment, in dem er Glenn um den Hals fiel, das alles lief vor seinen Augen ab wie ein Film im Zeitraffer.

»Hey Fran, mach' den Champus auf. Robin hat den Sheriff von Nottingham besiegt.« Zu dritt feierten sie das Ereignis, und selbst Fran trank mit freudigem Widerwillen von dem "gottlosen, verderbten Getränk", dessen Prickeln sie so in der Nase kitzelte, daß sie heftig niesen mußte. Alle lachten sie ausgelassen und übermütig, und Tim hatte tatsächlich das Gefühl, zu Hause zu sein.

Auf das Commercial mit der Agentur Chendler, das ein Vierteljahr später ausgestrahlt wurde, folgten unzählige andere Engagements für Fotos, Schaus und Fernsehaufnahmen. Tim hatte oft länger zu tun als Glenn, der über seine Finanz- und Börsengeschäfte nur dann sprach, wenn sie schlecht liefen - und das war selten der Fall. Fran hatte darauf bestanden, daß ihr ein Fernsehgerät in der Küche aufgestellt wurde, und jedesmal, wenn sie Mr. Wholestone in einem von zwei parallel laufenden Werbespots sah, ging ein Teller oder ein Glas zu Bruch. Wer den Fehler beging, sie bei einem dieser Spots zu stören, war für viele Tage in Ungnade gefallen. Selbst wenn er Wholestone hieß, denn der Tim, der Frans Teller leerzuessen hatte, war dem Tim im Fernsehen weit untergeordnet in ihrer strengen Hierarchie, die ihr den Alltag überschaubar machte.

Das Leben war rosarot, gebettet auf einer überdimensionalen Plüschwolke, begleitet von Harfenklängen, liebkost von Engelshänden.

Der schwerelose Zustand hielt zwei Jahre an, bis sich in Tim ein Gefühl ganz anderer Art regte. Es hatte etwas bedrohlich Düsteres und schien hinabzuweisen in den fürchterlichen Schlund der Hölle. Immer häufiger wurde er von einer quälenden Unruhe und depressiven Gedanken erfaßt, die sowohl seine Arbeit als auch sein Zusammensein mit Glenn überschatteten. Wann und wo immer er von diesen Gemütszuständen befallen wurde, durchschnitten sie seine momentanen Gedanken, Gefühle und Handlungen; er geriet ganz offensichtlich außer Kontrolle und zog sich in die bange Stille seines leidenden Inneren zurück, wo nichts und niemand zu wohnen schien als die abgrundtiefe Verzweiflung.

Er fand keine Erklärung für dieses Phänomen. Die in immer kürzeren Abständen auftretenden Anwandlungen schienen ihm völlig unmotiviert. Noch nie in seinem Leben war er so glücklich und ausgeglichen gewesen, noch nie war er so geliebt worden oder gar selbst zu lieben imstande gewesen. Er hatte die Porter Street eingetauscht gegen das Eden der Geborgenheit, der Sorglosigkeit, des Glücks. Vielleicht war es ja sogar genau dieser Umstand, der ihn mit Panik erfüllte. War nicht alles zu schön, um wahr zu sein? Ein tiefes Mißtrauen gegenüber allem und jedem war die Konsequenz. Er hatte das Gefühl, mit verbundenen Augen durch den Dschungel gehetzt zu werden. Zweifel befielen ihn, Zweifel an der Arbeit, Zweifel an Glenn. Mit unumstößlicher Sicherheit glaubte er, betrogen zu werden. Plante man in der Agentur, ihn durch einen Emporkömmling, wie er einst einer war, zu ersetzen? Auf welchen Titeln der großen und kleinen Modezeitschriften war er noch nicht erschienen? Es war logischerweise eine Frage der Zeit, daß man seines Gesichtes überdrüssig würde. Wenn es das nicht war, was dann? Natürlich! Glenn! Wie konnte ein Mann mit seinem Aussehen, mit seinem Vermögen und Charme sich zweieinhalb Jahre mit ein und demselben zufriedengeben, wo ihm die ganze verfluchte Stadt zu Füßen lag. Wie war doch gleich der Name dieses arroganten Strichers, der ihm die schönen Augen gemacht hatte? Jaimie, genau. Wahrscheinlich hatte er ihn schon des öfteren getroffen, in diesem Liebesnest in der Stadt. Das war der Grund, weshalb er ihn niemals mit dorthin nehmen wollte. Wahrscheinlich hätte er dessen Pagenuniform vorgefunden oder andere Indizien von Orgien, die sie dort abhielten. Und Fran, sie wußte wahrscheinlich von alldiesen Ausschweifungen ihres geliebten Babies. Er würde sie fragen. Gerade heraus. Jetzt!

Tim riß sich bis auf die Unterhose die Kleider vom Leibe und eilte in seine Garderobe. Er hörte weder die Schreie des tobenden Fotografen noch das hysterische Plärren des Designers, dessen prämiertes Meisterwerk mit dem Namen: *Komposition in Schwarz* als bedeutungslose Fetzen am Studioboden lag.

Mit blockierenden Reifen kam er lärmend und Staub aufwirbelnd nach zwanzig Metern auf dem Kiesweg zum Stehen; der Schweiß rann ihm die Schläfen hinab. Heftig stieß er die Tür zur Eingangshalle auf.

So standen sie sich gegenüber. Dicke Tränen tropften von ihrem Gesicht auf die Schürze. Ansonsten war ihre Miene wie versteinert. In ihren zitternden Händen hielt sie einen Umschlag, der Tims Namen trug. Es war Glenns Handschrift.

»Ich hätte es Ihnen schon so oft gesagt. Er fühlte immer genau, wenn ich kurz davor war. Er hat es mir verboten. Er hat gesagt, daß er es nicht ertragen könnte, wenn Sie es wüßten. Er hat Sie so sehr geliebt; nur Gott und Fran wissen, wie sehr er Sie geliebt hat. Nie habe ich Mr. Glenn so glücklich gesehen wie in den letzten zweieinhalb Jahren, obwohl er wußte, daß der Herr ihn bald rufen würde. Oh, Mister Timmy, oh, Mister Timmy.«

Die Welt um ihn herum versank, und nur das Pochen von Frans Herz an seinem Ohr war der Beweis, daß auch dies kein Traum war. Sie wiegte ihn in ihren starken Armen und schützte seinen Verstand mit ihrem warmen Atem davor, verloren zu gehen. »Mein armer Junge, mein armer Junge.«

Tim saß an jener Stelle des Raumes, in dem sie sich zum ersten Mal geliebt hatten. Sein starrer, ausdrucksloser Blick wies in die Richtung des Kamins, in dem an jenem Abend vor einer scheinbaren Ewigkeit so lustig das Feuer geflackert hatte. In seiner Hand hielt er Glenns Brief.

Lieber!

Wenn Du diese Zeilen liest, werde ich nicht bei Dir sein; es sind die letzten, die ich an Dich richten kann. Dennoch gibt es keinen Grund, betrübt zu sein.

Ich hoffe, Du wirst nicht so streng mit mir ins Gericht gehen, wie Du es mit dem Rest der Welt zu tun gewohnt bist. Ich hatte keine andere Wahl. Hätte ich Dir gesagt, wie es um mich steht, wäre - wenn Du ehrlich bist - unsere Zeit nicht so verlaufen, wie sie zu meinem unermeßlichen Glück verlaufen ist. Die, die ich leider nicht verschonen konnte, war Fran, das Goldstück. Sie ist die größte Schauspielerin wider Willen aller Zeiten. Weißt Du noch, als Du sie gefragt hast, warum sie immer diese idiotische Diätkost kocht? »Mr. Timmy, Sir - so lange ich in diesem Hause noch irgendetwas zu sagen habe, wird es nicht dazu kommen, daß Sie eines Tages nicht mehr im TV erscheinen, weil Sie Backen wie Cassius Clay und einen Bauch wie Armstrong angesetzt haben.«

Du hast nicht gehört, wie sie in der Küche bitterlich weinte über diese Lüge vor ihrem Schöpfer, dem sie doch so treu ergeben ist. Gerne hätte unsere Fran uns Speck von ihrer Kost ansetzen sehen, aber sie wußte, daß die Dauer meines, wie Du es nennen würdest, "gottverdammten Lebens" mit von ihrer kulinarischen Disziplin abhing.

Einen Tag, bevor wir uns im Hot Dog begegneten, Timmy, haben mir meine Ärzte übereinstimmend mitgeteilt, daß ich noch höchstens drei Jahre zu leben hätte. Ich hatte Magenkrebs in fortgeschrittenem Stadium. Mein Gewichtsverlust hatte nicht, wie Du angenommen hast, mit zuviel Streß und Frans fanatischer Diät-Manie, sondern mit dem Verlauf meiner Krankheit zu tun.

Du hast so sehr darunter gelitten, daß alle Menschen, die Du mochtest, gestorben sind, daß ich nicht den Mut aufbrachte, Dir einen weiteren Schmerz zuzufügen. Und nun muß ich es doch tun. Meine Befunde haben die Grenze erreicht. Was uns nun bevorstünde, würde der herrlichen Zeit, die wir miteinander verbracht haben, nicht entsprechen.

Ich möchte, daß Du mich so in Erinnerung behältst, wie Du mich die ganze glückliche Zeit unseres Zusammenseins gekannt hast. Du sollst wissen, daß es die unbeschreiblichste in meinem ganzen Leben war. Ich liebe Dich,
    Dein Glenn.

Da, wo bei Fran wohl die Tränen hergekommen waren, suchte er sie auch bei sich. Doch was er fand, war nur eine endlose Leere, die ihn stumpf und gefühllos machte.

Wenn auch ganz anders als jemals zuvor, so fühlte er sich doch betrogen. Betrogen um die Wahrheit, die es ihm ermöglicht hätte, Glenn seine Liebe zu beweisen, indem er ihn auch durch die Hölle begleitet hätte. Warum hatte er ihn verschont? War er der Wahrheit nicht würdig gewesen? Hatte Glenn doch kein uneingeschränktes Vertrauen in ihn gehabt? Er wäre glücklich gewesen, selbst diese Phase mit ihm zu teilen!

Er hatte sich in seinem ehemaligen Kinderzimmer erschossen. Auf dem Boden waren mit Kreidestrichen seine Umrisse markiert, inmitten der Striche ein roter Fleck.

Der Lieutenant stellte seine Fragen knapp und sachlich. »Wir haben Ihre Angaben bereits überprüft. Sie decken sich vollständig mit den Aussagen Ihrer Zeugen. Den Abschiedsbrief muß ich leider einstweilen konfiszieren. Nach Abschluß der Ermittlungen erhalten Sie ihn natürlich sofort zurück.«

Der Rechtsanwalt der Familie regelte Glenns letzten Willen. Tim stand es frei, das Haus und die Stadtwohnung zu behalten oder zu verkaufen. Zusätzlich waren zwei Millionen Dollar in Wertpapieren und weitere 300.000 in bar in seiner Erbschaft enthalten. 500.000 Dollar gingen an Fran, weitere 10 Millionen an eine Stiftung für Krebsforschung.

Das eigentliche Vermögen - was anhand der bereits genannten Summen grotesk klang - ginge, so Mr. Fidlebutton, an die Familie des Verstorben. Diese sei mit den Bestimmungen des Testaments einverstanden und würde (bei dieser pathetisch betonten und scheinbar erwähnenswerten Feststellung zog er die Stirn in Falten) keinen Widerspruch gegen den letzten Willen Mr. van Steuvens erheben.

Tim hatte weder Interesse an den Wertpapieren noch an dem Geld. Er konnte ebenso wenig wie Fran in dem Haus bleiben, in dem er auf jedem Stuhl, an jedem Tisch Glenn sitzen sah; in dem jeder Quadratzentimeter von dessen Leben erzählte. Die Stadtwohnung hatte er nie und würde er nie betreten. Beides wurde verkauft, den Gewinn ließ er vollständig auf Frans Konto überweisen. Fran gab nie einen Penny des Geldes aus. Sie erlag sechs Wochen später einem schweren Herzanfall und vermachte ihr gesamtes Vermögen, das für sie so abstrakt war, wie das Verlangen nach Ente in Aspik, der Kirche. Auch bei ihrer Beerdigung weinte Tim nicht. Er war der festen Überzeugung, daß auf dem schiefen Holzkreuz, das die Kirche ihrer freundlichen Spenderin verpaßt hatte (»Miss Ashton hat es so gewollt«), sein Name stand, und daß es nicht Frans, sondern sein toter Körper war, der vor seinen Augen in die ewige Finsternis versank.

Tim zog in Deanys Gästeappartement, das direkt über dem Ballsaal gelegen war. Er wurde von ihm verwöhnt, ohne etwas davon zu registrieren. Ein Kollege, dessen Freund Arzt am Memorial war, versorgte ihn regelmäßig mit Psychopharmaka. Sie ließen ihn vergessen und Ruhe finden. Ab und zu, wenn er trotz der Dumpfheit in seinem Kopf nicht schlafen konnte, ging er hinunter, um sich unter die Gäste zu mischen. Seine Entrücktheit und unheimlich wirkende Apathie bewahrten ihn neben der gluckenhaften Wachsamkeit Deanys vor jedwedem Versuch der Besucher, sich ihm in irgend einer Form zu nähern.

Im selben Maße, wie Tim vor zweieinhalb Jahren im Ballsaal eine Orgie der Lust entfesselt hatte, befiel die Gäste, die um ihn und seine Geschichte wußten, nun bei seinem Anblick eine Melancholie, die die Prunkhalle in eine Gruft verwandelte.

Eines Abends kam ein junger Mann auf Tim zu. Der reichliche Alkoholkonsum hatte ihm die Röte auf die Wangen getrieben.

»Hallo Tim, wie geht es dir?« Vielleicht war es der lebendige Klang der Stimme, der Tim so unvermittelt aus seiner Lethargie zu erwecken vermochte. Seit er über dem Ballsaal wohnte, hatte ihn niemand so arglos und geradeheraus angesprochen. »Du kennst mich wohl nicht mehr. Na ja - kein Wunder, ich war noch ein Newcomer, als Henry mir zugestand, der Fotosession mit dem *Göttlichen* beizuwohnen. Ich habe hinter dem großen Spot gesessen und dich bestaunt. Hinterher waren wir essen. Das heißt, ich saß am Nachbartisch, ich war der süßeste von all denen - erinnert du dich jetzt?« Tim versuchte, durch die Dunstglocke, die ihn umgab, hindurchzusehen und etwas zu erkennen. Er hörte nur unklare Worte, deren Zusammenhang sich nicht zeigen wollte. Henry. Foto. Essen. Göttlich! »Fran!« »Nein. Mein Name ist Ken. Ken Ronald.« »Oh. Ken ..., hallo. Freut mich dich ...« Tim hatte vergessen, was er sagen wollte.

»Auch schon ein bißchen über den Durst getrunken, wie?« »Ja. Zuviel getrunken.« Es wurde ihm schlecht, und er rempelte mehrere Gäste an auf seinem Weg zur Toilette, wo er sich übergab.

Das kalte Wasser, das er sich ins Gesicht spritzte, tat gut. Allmählich kam er wieder zu sich, der Nebel um ihn herum begann sich zu lichten. Er ging zum Ausgang, der nicht weit entfernt lag. Beim Durchqueren der Vorhalle dachte er an das erste Mal, als er hier eingetreten war. Sein Mund verzog sich zu einem bitteren Lächeln. Zwei Pagen öffneten die Haupttüre, durch die er in die Kühle der Nacht trat.

»Sir.« »Jaimie!« »Sie kennen meinen Namen, Sir?« Tim stand reglos. »Sir, ich wollte es Ihnen schon lange sagen, aber es ergab sich nie die Gelegenheit. Ich war damals sehr neidisch auf Sie und bestimmt nicht freundlich, aber im Grunde fand ich Sie toll und habe Mr. ..., habe ihn sehr gut verstanden, ich meine, es tut mir sehr leid, Sir.«

Tim spürte sie deutlich, die Stelle, von der bei Fran die Tränen gekommen sein mußten. Er besaß sie auch - genau wie Fran, genau, wie alle anderen Menschen. Schluchzend umarmte er Jaimie, der nicht recht wußte, ob er etwas Fürchterliches angestellt hatte. Aber nachdem er Tims »Danke, Jaimie« gehört hatte, drückte er zärtlich den bebenden Körper an sich und streichelte ihn sanft.

»Die gute alte Fran ist auch tot. Sie fand wohl ein Leben, in dem sie sich nicht mehr um ihr geliebtes Baby kümmern konnte, nicht lebenswert. Dabei hätte ich sie sosehr gebraucht mit ihren kleinen, schwarzen Augen und ihren runden, starken Armen, mit denen sie einen vor der *gottlosen Welt* verteidigte wie eine Tigerin. Sie war so süß, so warm. Ich habe die einzigen Menschen verloren, die mir in meinem Leben etwas bedeutet haben; für die ich mehr war, als ein mieser kleiner Stricher, den man für Geld bemalen, anspritzen oder dem man vor die Füße scheißen konnte, was soll ich bloß tun?«

Trotz ständig neu ankommender Gäste rührte sich Jaimie nicht von der Stelle und hielt den völlig aufgelösten und vor Schluchzen nach Atem ringenden Tim in den Armen.

»Also hier steckst du, Kollege - ich habe dich überall gesucht.

Oh je, was ist denn los? Bin ich in so etwas wie eine Trauerfeier geplatzt?«

»Du hast den Nagel auf den Kopf getroffen.«

Tim wischte sich mit den Handinnenflächen über das Gesicht. »Das ist übrigens Jaimie. Jaimie, das ist Ken.« »Angenehm.« Aber so klang es nicht, sondern wieder einmal viel eher wie Kriegstrommeln. »Da ich genauso erfreut bin, wie es Mr. Jaimie offensichtlich ist, werde ich mich zur Erhaltung meiner Stimmung zurückziehen, kommst du mit rein?« »Diese Situation kenne wir doch, oder?« Jaimie und Tim grinsten sich an. »Ich freue mich, daß wir Freunde geworden sind, Jaimie. Ja, Ken, ich komme mit rein.«

»Darf ich dich etwas fragen, Tim?« »Nur zu.« Auch Ken hatte schon reichlich über den Durst getrunken; sie hingen eher über der Bar als, daß sie daran saßen.

»Wie stellt es einer am besten an, wenn er dich anmachen möchte?« »Er stellt es am klügsten überhaupt nicht an.« »Ich möchte aber gerne.« Ken sah ihn herausfordernd an. Mit verführerisch großen Augen beobachtete er die Wirkung seiner Worte, und es irritierte ihn, daß die gewohnte ausblieb. »Vergiß es, Ken. Es würde dich nicht glücklich machen der letzte Gast auf meiner Party zu sein ... und mehr suche und brauche ich nicht.« »Dann will ich auch nicht mehr sein. Nicht mehr und nicht weniger. Ich würde jede Bedingung akzeptieren.« »Auch, wenn ich dir sage, daß ich dich niemals abgöttisch lieben würde, dir kein Frühstück ans Bett bringen und dich verlassen würde, wann immer es mir paßt? Ich würde dir keine warmen Socken stricken für kühle Abende und dir keine Gute-Nacht-Geschichten erzählen, die vom Prinzen handeln, der seinen Prinzen gefunden hat. Und wenn die Party zu Ende wäre, hättest du nur das schmutzige Geschirr und die schlechte Luft - sonst nichts. Es ist immer beschissen, mein kleiner Freund, zu einer Gesellschaft zu stoßen, die im Gehen begriffen ist. Sie profitiert von dir, aber von ihr hast du nichts mehr zu erwarten.«

»Du sprichst gerade so, als hättest du deinen Sargträgern gerade ein Trinkgeld in die Hand gedrückt. Aber wenn das die Stimmung ist, in der ich deine Breitseite treffen und dich entern kann, dann begrüße ich sie.«

»Das Leben drängt dich mir immer wieder auf, Mike, in den verschiedensten Phasen und Erscheinungen; vom Backfischalter über die fast perfekte Illusion der Liebe bis hin zum banalen Torschlußkompromiß. Eine runde Sache, wie es scheint. Der Pakt ist geschlossen, ich darf der Teufel sein, und diesmal bestimme ich das Ende des Spiels. Ich habe dich gewarnt, Dr. Faust alias Ken Mac Mike. An mir haftet der Tod.«

Ken fragte nie, warum er von ihm Mike genannt wurde, und wollte auch ansonsten nichts aus Tims Vergangenheit erfahren. Es schien, als könnte sich für ihn dahinter etwas verbergen, das sein von ihm als makellos empfundenes Glück zerstören könnte. Er nahm alles, wie es war, und hinterfragte niemals Ursprung, Herkunft oder Grund.

Und Tim wollte die Situation nicht komplizieren, indem er an Kens Unbedarftheit und sein bedingungsloses Zutrauen rührte. Er ließ allen Dingen ihren Lauf, ohne entscheidend einzugreifen, und war sicher, daß es für Kenny das Beste war, seine Arglosigkeit zu bewahren für das, was unweigerlich auf ihn zukommen würde. So genoß er dankbar die Zeit der Zufriedenheit und Harmonie, die sie miteinander verbrachten. Es war eine gute Atmosphäre, um das Leben noch einmal in Zeitlupe an sich vorbeiziehen zu sehen. Es machte ihm Spaß, Mike schöne Geschenke zu machen und sich dabei zu erinnern, wie sehr er sich über Glenns Aufmerksamkeiten gefreut hatte. Es erfüllte ihn mit Genugtuung, wenn Mike glücklich seinen Kopf an ihn schmiegte, und sie sich über irgendwelche Banalitäten unterhielten, während er sich vorstellte, was er alles erdulden mußte, um an diesen gemütlichen Punkt seines Lebens zu gelangen. Es machte ihn glücklich, zu wissen, daß Ken weitab von dem steinigen Pfad wandelte, auf dem er gegangen war, bevor er Glenn kennenlernte. Seine Illusionen hatten eine faire Chance, zu überleben. Kens Assoziationen zur Liebe waren andere, ungetrübte, herrlich romantische, denen Begriffe wie Nacht, Dunkelheit, Rohheit und Käuflichkeit so fremd waren wie die Vorstellung, seinen Körper jemand anderem zu schenken als seinem Geliebten. Wenn auch mit schlechtem Gewissen, so versuchte sich Tim doch in dieser isolierten, heilen Scheinwelt, die keine Ahnung von seinem Gestern hatte, so zu bewegen, als gehörte er zu ihr. In manchen Momenten ertappte er sich sogar dabei, daß er selbst glaubte, nie ein anderes Leben geführt zu haben und daß alles, was dem widersprach, ein Traum wäre.

Den überwiegenden Teil der Zeit aber war es ihm bewußt, daß er eine unhaltbare Lüge lebte. Dieses Bewußtsein und die scheinbare Ausweglosigkeit seiner Situation waren es wohl, die ihn dazu trieben, längst vergessene schlechte Gewohnheiten wieder aufzunehmen. Ausweglos deshalb, weil nur ein offenes Gespräch über sein wahres Gesicht ihm seine Realität zurückzugeben imstande war. Ken jedoch, ganz zu Hause in seiner heilen, rosaroten Welt, hätte die Wahrheit nicht verkraftet, ohne ein anderer zu werden. Tim wollte ihn aber nicht anders. Und er wollte im Grunde keinen Anderen.

Der Stoff, der den Motor dieses teuflischen Spiels in Schwung hielt, hatte alle Farben, Formen und Gerüche. Er war flüssig und braun, mit einem scharfen Geruch, der die Schleimhäute reizte; er war pulvrig, weiß und hatte nichts zu tun mit dem Schnee, der schwarz und matschig in den Straßen vor sich hinsickerte.

Er begann, sich heimlich und verstohlen an traurigen Orten mit seligen Anbetern zu treffen, die nichts von ihm hatten außer der Gewißheit, daß er bei ihnen war. Den meisten genügte das auch. Es gab nur wenige Jaimies, Hunters, Billies und Rubens, die fast daran zerbrachen, ihm bei seinem zerstörerischen Kampf gegen sich selbst zuzusehen. Er spürte den Unterschied zwischen ihnen und den Trophäensammlern. Sie sahen ihn beim Abschied nicht mit diesem Blick des erfolgreichen Jägers an. Sie untersuchten nicht hektisch und geschäftig seinen Körper nach Merkmalen, die sie als Beweis ihres Jagdglückes anführen könnten; sie verhielten sich anders, bemerkten sehr schnell, daß er weit entfernt von ihnen war und versuchten, durch zärtliche Zuwendung nur seine Seele wieder zum Leben zu erwecken; der Rest war für sie unwichtig geworden, weil sie nicht nur seinen Körper liebten.

Aus genau diesem Grunde mied er sie schon bald wieder. Sie empfand er als Gefahr.

Er war schon von so vielen Händen befühlt worden in seinem Leben, daß er das Tasten hungriger Finger auf seiner Haut als so selbstverständlich empfand wie eine kühle Brise unten am Hudson.

Aber sein Innerstes war von so wenigen berührt worden, daß alleine der Versuch ihn in Panik versetzte. Er hielt es verschlossen und uneinsehbar, als wäre es die letzte Faser seines Lebens.

Sein Besuch bei Trudy sollte der letzte sein. Er war sich dessen so wenig bewußt wie Trudy selbst, als er das Café betrat.

Er war immer am gleichen Wochentag und zur selben Stunde erschienen, seit er das erste Mal dagewesen war an dem Tag, als das Rendezvous mit Glenn bevorstand. Trudy leugnete es vor sich selbst, aber er wartete jede Woche um diese Zeit, daß Timmy durch die Tür treten und die nächste Stunde mit ihm verbringen würde. Oh ja, und wie er wartete, obwohl er wußte, daß Tim nur alle Monate mal vorbeisah. Er hatte beim Notar schon alles veranlaßt, daß - falls ihm einmal etwas zustöße - sein gesamtes Hab' und Gut an Tim fiele. Trudy wußte zwar, daß ihm Glenn ein unvorstellbares Vermögen hinterlassen hatte, aber darauf kam es nicht an. Er glaubte, Tim auf diese Weise noch einmal beweisen zu können, wie sehr er ihn liebte. Es war eine aussichtslose und doch erfüllte Liebe, die ihm Träume bescherte, deren Schönheit und Glück er im Leben niemals kennengelernt hatte.

»Hallo Mam!«

»Timmy, oh Tim, mein Junge, nein, wie ich mich freue, dich zu sehen. Obwohl Trudy böse mit dir sein müßte. Du hast mich wohl völlig vergessen.«

Tim lächelte starr, als er bemerkte, welche Anstrengung es für Trudy bedeutete, ihr Entsetzen über sein Aussehen zu verbergen.

»Was ist geschehen, Junge? Hast du Probleme, geht es dir schlecht?«

»Nein, Mam, es ist alles in Ordnung, habe nur zu viele Drinks und zu wenig Schlaf gehabt.«

»Dann kommt es auf diesen auch nicht an.«

Divine schwebte hinter die Bar, wie sie es am ersten Tag getan hatte, und brachte die gleichen Drinks wie damals. Es war inzwischen zu einem alten Ritual geworden, daß er ihn bezahlen wollte und sie ihn als Gruß des Hauses deklarierte.

»Nun sag' schon, was ist wirklich los mit dir? Ich habe dich schon in vielen Stimmungen und Situationen hier hereinschneien sehen, aber das hier hat nichts mit durchzechter Nacht und alles in Ordnung zu tun.«

»Die Party, Mam. Sie geht zu Ende. Ich habe sie genossen ... in vollen Zügen. In ihrer freundlichen, festlichen, geilen, ausgelassenen und glücklichen Phase, aber auch von ihrer beschissenen, traurigen, morbiden und ernüchternden Seite.

Beides war O.K. für mich, aber jetzt spüre ich, daß ich gehen sollte, damit es eine gute Party bleibt. Hey, Mam. Was ist los mit dir? Du warst es, der mir erzählt hat, daß du im nachhinein deinen Freunden, die von der Brücke gesprungen sind, recht geben mußtest. Damit will ich nicht sagen, daß ich nicht froh wäre, daß es dich gibt. Aber du hast es gesagt ... und du hattest recht, oder?«

»Wenn ich bedenke, daß der Junge, den ich wohl mehr liebe, als ich je einen Jungen geliebt habe, niemals mit mir zusammen sein wird ... vielleicht hatte ich recht.«

»Wer ist denn diesmal der Glückliche, Mam?«

»Es ist ein und derselbe, schon eine lange, lange Zeit. Aber er weiß es nicht.«

»Dann sag' es ihm, Mam, warum sagst du es ihm denn nicht? Weißt du noch, wie du mich damals aus deinem Laden getrieben hast mit der Aufforderung, dem ersten besten, der es wert ist, meine Gefühle zu gestehen und mich ihm auf immer an den Hals zu werfen? Weißt du das nicht mehr?«

»Das mit dir und Glenn war eine andere Sache, Timmy. So

etwas gibt es nur einmal in diesem Jahrhundert und ansonsten im Märchen ... und selbst da hat der Prinz Dornröschen geheiratet und nicht die alte Königin-Mutter.«

»Vielleicht hast du recht. Aber das ist nur ein weiteres Argument für mich.«

»Ich würde es nicht überleben, Timmy, wenn du dir etwas antun würdest.«

» ... Ich bin es, nicht wahr? Ich soll der Prinz gewesen sein, Mam? Das wollte ich nicht. Ich wollte dich nie traurig machen; verzeih, Trudy ... verzeih mir, Mam.«

Hallo, Kenny!

Wenn Du von Deiner Fototour zurückkommen und diesen Brief finden wirst, werde ich nicht mehr hier sein. Suche nicht nach mir - das wäre zwecklos. Ich breche die Brücken hinter mir endgültig und unwiderruflich ab.

Für mein Handeln gibt es keine logische Erklärung, und vor allem wäre es falsch anzunehmen, daß ich nicht glücklich mit Dir war. Ich habe unsere Zeit sehr genossen und darüber hinaus gelernt, was ich am Anfang für unmöglich hielt ... Dich sehr sehr lieb zu gewinnen. Danke für alles:
    Tim.

Ich hatte das Tagebuch des Tim Wholestone wohl bereits zum fünften Male gelesen. Wenn ich in den letzten Tagen seine Fotos betrachtete, so tat ich dies, wie mit Aufnahmen von einer Person, die ich schon lange Jahre kannte. Und kannte ich ihn nicht tatsächlich besser, als jeder andere es getan hatte? Nur *ich* war mit ihm (und die letzten Tage auch ohne ihn) durch die dunklen Straßen dieser rohen, anonymen Stadt gegangen. Keiner hatte soviel Einblick in sein Innerstes, keiner hatte seine Gedanken und Gefühle jemals so klar und offen vor sich liegen, wie ein Buch.

Ich litt unerträglich unter der fixen Idee, daß ich ihm hätte helfen können ... ich war mir sicher, daß ich ihn hätte noch einmal glücklich machen können, wie es einst Glenn vermochte. Er hätte das Gefühl gehabt, daß die Party erst begönne und ich nicht sein letzter, sondern sein bester Gast gewesen wäre. Ich sah ihn vor mir in all den beschrieben Situationen; das letzte Bild von ihm auf dem Seziertisch und die Bilder in den Magazinen lieferten meiner Phantasie die Grundbausteine, um ihn vor meinem geistigen Auge zum Leben zu erwecken. Dieser Film, der immer und immer vor mir ablief, zeigte ihn lächelnd, tanzend, gehend, schimpfend ... er war so real, wie meine zitternden Hände und schweißnassen Nächte, wenn ich von ihm - von uns - träumte.

Meine Gedanken schweiften ab ins Unverantwortliche, wenn ich mich quälte, weil ich damals nur seine Locke berührt hatte. Neid befiel mich bei der Vorstellung, daß Ken ihn ganz und gar hätte haben können; Zorn und Verzweiflung anbetracht der Tatsache, daß er diese Chance nicht zu nutzen gewußt hatte.

Wie durfte es sein, daß es mir auf immer und ewig unmöglich sein sollte, *IHM* zu begegnen.

Ich suchte alle Plätze und Personen auf, die er in seinem Tagebuch beschrieben hatte. Trudy war wenige Tage nach Timmys Besuch mit einer akuten Leberzirrhose ins Krankenhaus eingeliefert worden. Ich hatte nicht den Mut, ihn dort zu besuchen.

Deany hatte den Ballsaal mit Tims Bildern plakatiert und ließ jeden, der daran Anstoß nahm, von Oscar vor die Tür setzen, egal, ob er sein Geld mit Öl oder Beziehungen gemacht hatte.

Ich lernte Henry Lamar kennen, der mir sofort, nachdem ich ihm vorgelogen hatte, Tim gekannt zu haben, einen Job anbot, den ich auch annahm. Wenngleich ich mich dabei dämlich angestellt haben muß, war der Kunde zufrieden. Worauf es mir aber ankam, war nicht die Tatsache, daß ich an diesen zwei Tagen soviel wie sonst in zwei Monaten verdiente. Vielmehr wollte ich die gleiche Hitze, die der Scheinwerfer abstrahlte, empfinden und die gleiche schlechte Studioluft atmen, die auch schon Tim empfunden und geatmet hatte. Ich spürte förmlich seine Anwesenheit. Heiße und kalte Schauer liefen mir den Rücken hinunter.

Meine abstrakte Verliebtheit war entfernt mit der Trudys verwandt: Es war absolut aussichtslos, auf Erfüllung zu hoffen. Es gab Momente, in denen ich ihm so nah zu sein schien, daß ich seinen Atem auf meiner Haut zu spüren glaubte: Wenn ich seine Musik hörte und ihn mir vorstellte, wie er ihre Melodie nachsummte, wenn ich, um mir den Klang seiner Stimme zu vergegenwärtigen, immer und immer wieder seinen Anrufbeantworter-Spruch auf der Anlage anhörte. Wenn ich mir sein Parfum auf die Handgelenke tupfte, um ständig daran zu riechen, wenn ich mit seinen Jeans und T-Shirts meine Nacktheit bedeckte und mir vorstellte, mein Körper wäre seiner, um damit zu spielen und ihn liebkosen zu können. Wenn ich mich in schmuddeligen Bars von widerwärtigen Typen betatschen ließ, um seinen Ekel nachempfinden zu können; wenn ich mir die letzte Nacht mit Ken ins Gedächtnis rief, um mich damit trösten zu können, daß es diese eine Sache gab, die uns tatsächlich verband.

Der Gedanke an seine hilflose Trauer, an die sinnlose Selbstzerstörung und seinen Haß gegen sich selbst trieben mich fast zur Verzweiflung. Was für entsetzliche Gefühle muß ihm seine These verursacht haben, die er in seinem Tagebuch so umschrieb:

An mir haftet der Tod; alles und jeder, den ich liebe oder der mich liebt, stirbt. Fran sagt, das stimmt nicht, und ich würde mich versündigen, weil ich meiner Person zuviel Gewicht beimesse, und nur ihr Gott über Leben und Tod entscheidet. Das mag sein, aber dann hat jener weise Herr eben beschlossen, mich zu seinem Todesengel zu machen. Das Beste wird sein, ich schaffe meine Gefühle ab, oder ziehe, um mich und mein Umfeld vor weiteren Dramen zu bewahren, in eine abgelegene Berghöhle. Dort werde ich dann genügend Zeit haben, um Frans Gott zusammenzuscheißen: Dafür, daß er mich zu seinem Arschloch gemacht hat.

Tatsächlich befiel mich beim Lesen dieser Worte für kurze Zeit ein leichtes Schaudern. Es sei dahingestellt, ob es den Zufall gibt oder nicht, aber auf Tims Leben und Beziehungen (alle flüchtigen Bekanntschaften und Ausschweifungen ausgenommen) trafen seine Feststellungen zu. Ken war die Ausnahme. Ob das daran lag, daß Tim ihn niemals wirklich liebte? Aber Ken liebte ihn dafür abgöttisch ... und wenn das auch schon ausgereicht hätte, dann wäre ich ja auch in Gefahr. Aber Tim Wholestone war tot und mit ihm wohl auch der Fluch, mit dem er sich behaftet fühlte.

Das Telefon klingelte. »Hallo hier bei Wholest... eh, bei Ronald.«

»Alan! Alan, bist du's? Blöde Frage ... wer solls denn sonst sein. Ich bin's, Ken. Mein Gott ist das schön, deine Stimme zu hören.«

»Kenny, warum rufst du erst jetzt an? Du bist schon vier Wochen weg.«

»Ich habe Abstand gebraucht ... von allem. Ich dachte, es würde besser dadurch; das war aber ein Irrtum. Alan, es geht mir sehr schlecht ... ich ... ich drehe noch durch ... ich muß ständig an ihn denken.«

»Das kann ich verstehen.«

»Was hast du gesagt, die Verbindung ist so schlecht?«

»Ich habe gefragt, wo du bist?«

»Wir haben drei Tage Aufenthalt hier in Cannes. Alan, kannst du nicht herkommen? Ich brauche jemanden, der mich tröstet. Bitte steige ins nächste Flugzeug und komm' her. Wenn du kein Geld hast, rufe Henry an und sage ihm, ach was, ich rufe ihn gleich selbst ...«

»Ich habe genügend Geld für ein Ticket, Mike ... eh, Ken.«

»Heißt das, daß du kommst?«

»Ja, denn ich kann auch etwas Trost gebrauchen.«

»Wieso, ist was passiert?«

»Eine Menge, aber nicht das Entscheidende, denn das kann nie mehr stattfinden.«

»Das klingt, als hättest du dich verknallt und der Typ hat dich ablaufen lassen.«

»So kann man es auch formulieren.«

»Komm' erstmal runter, dann sprechen wir über alles und sehen, ob uns noch zu helfen ist, O.K.?«

»O.K.«

Ich hatte meinen (Tims) Koffer schnell gepackt. Aus irgendeinem unerfindlichen Grund glaubte ich, entgegen meiner sonstigen Gewohnheiten, nicht viel zu benötigen. Die Fluggesellschaft rief fünf Minuten später zurück.

»Ich soll Ihren Flug bestätigen, Mr. Cleary. Die PAN AM 082 fliegt um 17.35 von John F. Kennedy und landet um 8 Uhr morgens in Nizza. Von dort haben Sie direkte Zugverbindung nach Cannes.«

Es hatte gerade geregnet und die Straße zwang einem ihre intensivsten Gerüche auf. Ich atmete tief ein, so, als müßte ich diesen Geruch für immer im Gedächtnis behalten. Beim Hinausgehen fiel ich fast über den Einkaufswagen der Pennerin. Sie lachte ihr irres Glucksen in sich hinein und rollte ihre Schätze aus Plastik und Müll die Straße hinunter. Der schwarze Elvis war damit beschäftigt, seine Gitarre zu stimmen, Tschen-Fu schloß sein Restaurant auf. Er erkannte mich nicht. Auf der gegenüberliegenden Straßeseite wurde ein falsch geparktes Auto abgeschleppt.

Als das Taxi losfuhr, fiel mein letzter Blick auf den Zeitungsstand. Von einem der ausgestellten Magazine sah mich Pharao an ... sein Blick war traurig und leer.

»Mein Name ist Henry Lamar. Zumindest hat mich Alan Cleary in seinen Aufzeichnungen so benannt.

Es ist meine traurige Aufgabe, seinen und Kens Nachlaß zu regeln. Dabei stieß ich auf diese Unterlagen. Ich sehe es als letzte Möglichkeit, mit deren Veröffentlichung für Tim, der mir am nähesten stand, noch etwas getan zu haben.

Ich möchte das ganz in dem Sinne verstanden wissen, wie es Alan zu Beginn seiner Aufzeichnungen so passend umschrieben hat:

Sie liegen auf namenlosen Friedhöfen unter windschiefen Grabsteinen, auf denen ihr Name falsch geschrieben steht. Dennoch macht ihr Gewesen sein Geschichte in den Köpfen und Gefühlen anderer.«

Wir nehmen Abschied

von unseren Freunden und Kollegen

Tim Wholestone, Ken Ronald

und Alan Cleary,

die so plötzlich und unerwartet

von uns gegangen sind.

                                                 H. Lamar Agency